深夜の背徳あやかし飯
～憑かれた私とワケあり小料理屋～

ミズメ Mizume

アルファポリス文庫

https://www.alphapolis.co.jp/

第一章　野狐《やこ》とおでん

「……ううっ、なんか今日は本当についてない……」

ズキズキと痛む足を見下ろしながら、小野若葉《おのわかば》は恨めしげにそうぼやいた。

キインと張り詰めた冬の冷気が頬《ほほ》にぶつかる。そんな若葉の目の前にデデンと鎮座しているのは、急勾配の坂道だ。ここを登り切らなければ、自宅には辿《たど》り着けない。

若葉が幼い頃からずっと住んでいるここ、長崎《ながさき》の町には坂道が多い。

波風は穏やか、入り込んだ地形、そして陸地の間際まで水深が深いという理由で、長崎は古くから優れた港として栄えていたという。

かの有名な江戸時代の鎖国政策の最中にも、扇型の人工の島である出島《でじま》だけは西洋に開《ひら》かれた唯一の窓口として機能していた、という話を初めて小学校の社会の授業で学んだとき、とても興奮したことを今でもよく覚えている。

長崎の地形は『すり鉢状』で、港を臨む陸上の地形そのものが斜面だ。お陰様で、夜に稲佐山《いなさやま》から長崎の町を臨むと、まるで星空を眺めているような美しく雄大な夜景を堪能できる。

だが急な坂道や石段が多く、長崎の自転車普及率の低さは全国でも一、二を争うほどだ。

かく言う若葉だって自転車にはあまり乗り慣れていない。普段の移動手段はもっぱら徒歩か路面電車だ。

「なんだか今日はいつもより長く感じるなあ……」

いつもの坂道のはずだが、その頂がとてつもなく遠く見える。

そう愚痴をこぼしたところで、坂道が平坦になるはずもなく。見慣れているはずの坂道からの圧に、足を痛めている若葉は歩みを進めるのが億劫《おっくう》になり、呆然と立ち止まってしまった。

――思い返せば、今日の午後は散々だった。坂道をぼんやり見つめながら、若葉は今日のことを思い出す。

外回りを済ませた若葉が、職場である市内の不動産会社に戻ってから、何もない所で躓《つまず》いた回数は軽く十回は超えるだろう。

まず、店内に入ろうとして自動ドアが開《あ》いた瞬間に転けた。店内には社員の他にお客さまもいて、非常にびっくりした顔で見られてしまった。

そのあとも心を落ち着かせようと飲み物を取って戻る際に躓《つまず》き、コピー機を使おうとすれば何かに足を取られ、本当に思い出すのも憚られるくらいには転んでしまった。

その度に飲み物をこぼしかけたり、書類をぶち撒けたりして、職場ではとんだドジっ子扱いになってしまった。小学生のときだって、ここまでは転ばなかったと思う。

社会人になって二年目の冬。少しは仕事ができるようになってきた気がしていたが、今日の凡ミス連発で使えない子扱いをされていないか、考えると気が重い。

自分のミスのせいで後ろ倒しになってしまった仕事を片付けると、すっかり夜中になってしまっていた。

元気があれば徒歩でも通勤できる距離に住んではいるが、今日は疲れすぎていたから、バスか路面電車に乗って少し楽をして帰ろうとしていた。しかし、最終バスは無情にも目の前で出発し、頼みの綱の路面電車も終電時刻が過ぎていてもう走っていなかった。

仕方なくトボトボと歩いて、ようやく自宅へと続く最後の一本道である坂道の麓まで来たところで、気が緩んだのか盛大にこけてしまったのだ。

本日の災難のとどめである。

唯一の救いは、周囲に誰もいなかったことだ。微《かす》かな笑い声が聞こえた気がして急いで起き上がったが、見回してもそこに人の姿はなかった。

――そこまで頭の中で再生したところで、若葉は再び坂道をしっかりと見据える。微かに滲《にじ》む視界の中でも、最後の砦《とりで》と言わんばかりの坂道は、もちろん急勾配のままだ。

なんとか自らを奮い立たせようと、若葉は両目をゴシゴシと勢いよく擦り、溢れてきたものを袖に吸い取らせる。

「あれ？　あんなところにお店なんてあったっけ……？」

前を見据えた若葉は、ふと呟《つぶや》く。坂の途中に、温かな光が灯る赤提灯が見える。

見覚えがない。ここは行きも帰りも毎日通る道だ。だが、こんな所に赤提灯のお店があったことを、若葉は今の今まで知らなかった。

目を擦ったことで視界がぼんやりとしているせいかと思って、少し時間をおいてみたが、その赤提灯は変わらずそこにある。

若葉はその光に吸い寄せられるように、ゆらりと足を動かした。不思議とその温かな明かりに向かって足が進む。

近づくにつれて、食欲をそそる香りが漂ってきた。とても良いにおいだ。

そういえば、と若葉は思う。まだ夕食を食べていなかった。残業の前に、非常食としてデスクに忍ばせていたクッキーを一枚齧ったきり、何も口にしていない。

そう意識しだすと、もうダメだった。美味しいにおいを嗅ぐと余計に空腹が強調されてしまい、若葉のお腹も口も完全にご飯モードになってしまった。

少しだけ足を引き摺るようにして、若葉は赤提灯の店の前に辿《たど》り着く。店内は賑わっているのか、楽しそうな笑い声や話し声が外まで聞こえてきて、ますます期待が高まる。

「こんばんは！」

軽く気合を入れ直した若葉は、意を決してその木製の扉を開《あ》ける。

橙色《だいだいいろ》の照明が温かな雰囲気を醸し出す。そこまで広くない店内には、八人程度のカウンター席と、ふたつの四人掛けのテーブルがあった。小料理屋のような風情《ふぜい》のある、どこか懐かしい空間だ。

周囲をぐるりと観察した後、若葉はあることに気付いた。

先ほどまで賑やかだった店内が、若葉が扉を開《あ》けたことで一気に静寂に包まれた。

話し声はピタリと止み、それどころか、客の姿すらない。

……場違いだっただろうか。出直すべきかと若葉が逡巡《しゅんじゅん》していると、足元に何かモフリとしたものが触れた気がした。

時間が止まったかのような静けさに包まれた店内で、最初に口を開《ひら》いたのはカウンターの中にいた男性だった。

「お客さん……憑かれてますね」

整った顔立ちの黒髪の美青年は、驚いた顔をしている。

その場所にいると言うことは、この人は店の人なのだろう。自分と同じくらいの年齢だろうか。主人というには随分と若く見えるが、他に人らしき姿はない。

そんなことを考えていた若葉は一拍ののち、我に返って慌《あわ》てて返事をした。

「はっ、はい。今日はもう疲れちゃって。まだお店ってやってますか？　私、お腹がペコペコなんです～」

お腹をさすりながら、若葉はエヘへと愛想笑いを浮かべた。

ラストオーダーが過ぎていたら潔く諦めて帰ろう。若葉のお腹の虫は最大級に騒ぎ立てているが、こればかりはどうしようもない。

それにしても疲れていることが丸分かりだなんて、今の自分はよっぽどひどい顔をしているに違いない。そう考えると、若葉は少し恥ずかしい気持ちになる。

「店はさっき開《あ》けたばっかりですけど……本当は対象外だけど、まぁ憑かれてるなら仕方ないか。ここにでも座ってください」

ふう、とため息をつくと、店主らしき青年は若葉を近くのカウンターに案内した。

客というよりは友人に接するような言い方が気になったが、お腹が空《す》いていてそれどころじゃない。

若葉が俊敏に席についたところで安堵《あんど》からか、グウゥ～とお腹の音が店内にひどく綺麗に響き渡った。

あまりにも綺麗なその音に、若葉は顔を赤らめて俯く。

確かにお腹は空《す》いている。だけどこのタイミングで鳴らなくてもいいじゃないか。

そんなことを思っていると、若葉の目の前にスッと料理が差し出された。

長くて綺麗な青年の指に一瞬気を取られたが、俯く若葉の視界を占めるのは、鉢に盛られたおでんだ。

ホコホコの湯気が出て、その湯気が立ち上るのと同時に美味《かぐわ》しいお出汁《だし》のにおいがする。見るからに味が染みている出汁色《だしいろ》の大根に、まんまる球体の揚げもの、牛すじ、じゃがいも、巾着、そして蒟蒻《こんにゃく》。

見ているだけで、お腹がギュウゥと引き絞られるような感覚になり、口中がもうおでんの味になってしまった。

空腹から食い入るように皿を見つめていた若葉だったが、ハッとして顔を上げた。

「あっ、あの、私、まだ注文は——」

「今日はおでんしか仕込んでないから、それしかないので。味は保証します。柚子胡《ゆずこ》椒《しょう》をつけるか辛子《からし》にするかは自分で決めてくださいね」

若葉の言葉を遮って、店主の青年は無愛想にそう告げた。

およそ客に対する態度ではないと思う。業種は違うけれど、不動産会社で接客をしている若葉にとって、店主の淡々とした接客は不可解でもある。

だが、お腹は空《す》いていた。おでんの鉢の隣には、小さな陶器に入った柚子胡椒《ゆずこしょう》と辛《から》子《し》が添えられており、外を歩いてすっかり冷え切っていた若葉にとって目の前の料理はものすごいご馳走に見える。

「それから、連れのお前にも」

そう言って店主の青年は、おでんの入った小さな鉢を若葉の隣にも置いた。心なしか、若葉に対する口調よりも優しい気がする。

それにしても、連れとは誰のことだろう。

ひとりで若葉はお店に入ったはずだ。勤務店舗を出てからずっとひとりだったし、この店の前でも誰とも一緒にはならなかった。若葉に続いて誰かが入ってきたのだろうか。

店内に他の席があるのに、わざわざ若葉の隣の席に他の客の料理を置くなんて、おかしいのではないか。

ひと言物申そうと若葉が口を開《ひら》こうとしたとき。

「きゅ〜ん！」

琥珀色《こはくいろ》の丸い毛玉がどこからともなく現れたかと思うと、可愛らしい鳴き声をあげて若葉の隣の席にモフッと着地した。

「え……犬……？　え……？」

何度瞬きをしても、それは犬のような何かだ。もちろん若葉は犬を飼ってなどいない。

開《あ》いた口が塞がらない若葉を尻目に、その毛玉はポワンとありがちな音を立てて、五歳くらいの男の子の姿に変化した。

「はあああ？　えっ、えっ？」

男の子の姿は普通の子供とはまるで違っていた。頭の上には茶色の三角耳がピンと立っているし、お尻ではフサフサの尻尾がブンブンと上下に揺れている。

先ほどまでは見知らぬ犬がいたはずなのに、今は知らない子供がいるのだ。

俄かには信じがたいその光景に、若葉は目を強く擦った。だが、瞼《まぶた》がヒリヒリと痛んだだけで、目の前の光景は何ひとつ変わらない。

あまりの出来事に若葉が言葉にならない声を発していると、その子供は見るからに熱々の餅巾着に勢いよくかぶりついた。

「あっ！　ちょっと、それ、まだあ――」

「ぎゅ⁉　ぎゅーーーん‼」

熱いよと言いたかったが、間に合わなかった。

案の定、その子は嬉しそうに噛み付いた餅巾着から慌《あわ》てて口を離し、舌を外に出したまま目を白黒させている。

「ばっかお前。どう見ても熱いだろ」

「ぎゅーん……」

口調は素っ気ないが、店主の青年は素早く氷入りの水をその子供に差し出した。

その子供は涙目になりながらも、コップに舌先を入れ冷やしている。

一連の流れに圧倒されていた若葉だったが、またお腹がグゥと小さく鳴ったことで、意識はまたおでんに引き戻された。

きっと先ほどの光景は疲れからくる見間違いで、この子供は店主の知り合いの子なのだろう。三角耳や尻尾はきっとコスプレというやつなのだと強引に結論づける。

とにかくお腹が空《す》いている。今はそれに尽きる。

若葉は自らの食欲に忠実に、箸をとって手を合わせる。そして目の前のおでん攻略に取り掛かることにした。

「いただきます」

まずは大根だ。箸で十字に切ると、じゅわりとお出汁《だし》が染み出る。

若葉は少量の柚子胡椒《ゆずこしょう》を鉢に取る。それをちょっぴりと箸で取ってひと口大にした大根にのせ、パクリと口の中に放り込んだ。

「〜〜っ、美味し……！」

若葉の口いっぱいに、滋味豊かな大根の旨みとお出汁《だし》の風味が広がった。そこに爽やかな柑橘の香りとピリリとした辛味《からみ》がアクセントになって、とんでもなく美味しい。

ほっぺが落ちそうなほど感動し左手でおさえていると、例の男の子が尻尾をパタパタと振って若葉の方を見ていた。ものすごく期待に満ちた眼差しだ。

「……食べてみる？」

思い切って若葉がそう尋ねると、星のようにキラキラした琥珀《こはく》の瞳の輝きがさらに増し、男の子は首を縦にブンブンと振った。尻尾も千切れんばかりだ。その様子がとても可愛らしい。

若葉は柚子胡椒《ゆずこしょう》がつかないように注意して、フーフーと息を吹きかけて冷ました大根のひとかけらを、男の子の口へ運んだ。

それをムグムグゴクンと食べ終えると、彼は幸せそうな笑顔を若葉に向ける。

え、何これ、すっごく可愛い……！

その仕草に、若葉の胸は盛大にキュンとした。

さっきまでこんな時間なのに子供がひとりでいて大丈夫なのかとか、さっき一瞬犬っぽかった気がするのだけどとか、気になることは盛りだくさんだった。さらにこの店の不思議な雰囲気、若葉にはどこか冷たい店主、考え始めるとキリがない。

未だに若葉には分からないことだらけだが、確かなことがひとつだけある。

空腹が何より勝る今、このおでんの他は後回しだということ。

「次は何にしよう……これって竜眼《りゅうがん》かな？　わ、やっぱり！」

まんまるのすり身揚げをふたつに割ってみたら、中には黄金に輝くゆで卵がまるまる一個入っていた。かまぼこもゆで卵も好きな若葉にとって、至極の一品だ。

長崎おでんと言ったらやはりこれだ。先ほどは興奮していたため気付くのが遅れてしまったが、このお出汁《だし》もきっとあごだしなのだろう。

「わあ〜」

若葉が食べ進める横では、男の子がまた瞳をキラキラさせてこちらを見ている。

「これは竜眼っていうかまぼこだよ。食べる？　それからこっちは――」

なぜ店主が面倒を見ないのかが気にかかったけれど、仕事中では難しいのかもしれない。

そう考えた若葉は、竜眼を取り分けたり、男の子のお皿のおでんを小さく切ってあげたりしながら、共におでんを楽しむことにした。

それから若葉と男の子は、夢中になって食べ進めたのだった。

お皿がすっかり空《から》になり、満腹になったところで、若葉は隣の男の子を観察するようにまじまじと見つめる。空腹のときはあまり深く考えられなかったけれど、お腹が満たされるとまた最初の違和感が戻ってきた。

茶色というよりは金色に近い髪色、琥珀《こはく》のようなキラキラした黄色の瞳、それから三角耳とフサフサの尻尾。男の子が着ている衣服は、少しうす汚れた着物だ。

仮装……しているわけではないだろう。ハロウィンの季節はとっくに過ぎてしまった。

とにかくこんな夜更けに、幼い子供を寒空の下でひとりにするなんて非常識すぎる。この真冬に小さな子を放置するなんて、碌《ろく》な親じゃないのではないか。さっきの食欲から見ても、これまで満足な食事をもらっていないのかもしれない。

――もしかして。若葉の頭によぎった仮定は最悪のケースだった。親がこの子の育児を放棄しているとか何とか、そういうことは考えられないだろうか。

ぐっと深刻な表情になった若葉は、目を皿にして男の子の体を注視する。

だが、ざっと見た感じでは痣《あざ》などはなく、怪我もしていないようだった。今はお腹がいっぱいで嬉しいのか、男の子はにこにこ笑顔で足をぶらぶらと揺らしている。

「落ち着いたか？」

「あっ、はい。とっても美味しかったです」

店主に声をかけられて、若葉は向き直る。改めて見ると、彼はさらりとした黒髪で、すっきりとした目鼻立ちの美青年だった。表情が乏しいのも、その美麗さに拍車をかけている気がする。

この若さでお店を切り盛りしているのだとしたら、すごいことだ。

「……俺の顔に何かついてますか」

「あっ、す、すみません！　あはは、お兄さんがあんまり美人さんなので、うっかり見惚《みと》れちゃいました～」

「……」

思わず凝視してしまった若葉は誤魔化すように笑い飛ばすと、さらに冷えた視線が突き刺さった。

綺麗さに見惚《みと》れていたのは嘘ではないが、気まずさから話題を変えようと隣に座る子を見る。

期待に満ちたまんまるな瞳が若葉を見上げていた。

「ねえ僕。おうちはこの辺なのかな？　帰りはお姉さんが送っていこうか」

「きゅ？」

「もう夜も遅いし……あ、でも……先に警察？」

悩みながらも若葉の手は男の子の頭にのびていた。頭を撫でながら、ふわふわの三角耳に触れると、男の子は気持ち良さそうに目を閉じる。

ああっ、可愛い。モフモフしてる。

若葉は思わず微笑んでしまう。その感触は、とても作りものとは思えない。実家の犬を撫でたときと同じような、本物に近い手触りだ。ふわふわで、温かくて、気持ちがいい。

「そいつ、お客さんに憑いて来てるので、他に家はないですよ」

モフモフと幼な子の頭を撫で回す若葉に対し、店主は淡々と告げた。

「え……？　嘘、どこからついて来ちゃったんだろう。だったら早く、警察とかに連絡しないといけないですよね⁉」

そんな予想外なことを言われて、焦《あせ》ったのは若葉だ。どうやらこの子はどこからか若葉の後をついて来たらしい。

知らぬ間に幼な子を連れ回していたなんて、とんでもないことだ。

「……いや、そうじゃない」

店主は冴えない表情のまま、ゆっくりと首を振った。

「そこにいるのは人間じゃない。狐のあやかし……まあ、いわゆる妖怪の類《たぐい》で、種類は多分『野狐《やこ》』だろう。神様のなり損ねだ」

「この子が妖怪で、ええっと、やこ？」

少し低い声で告げられた内容は、若葉にとってとても理解し難いものだった。

ようかい。あやかし、神様、やこ。

頭の中で店主の言葉を反芻《はんすう》するが、全くもってピンとこない。妖怪もあやかしも、もちろん神様も言葉は知っている。ただそれらは全て、昔話や作り話で非現実的なものだと若葉は考えていた。

「妖怪って、そんなこと……あります？　お兄さんったら、冗談きついですよ～」

困惑しながら店主を見るが、彼の表情はずっと変わらず若葉をからかっているような様子もない。冗談ではなさそうだ。淡々と事実を述べているだけなのだろう。

若葉が思考停止に陥っていると、再びポワンという音がした。

すると、どうしたことだろう。

若葉が今の今まで撫で回していた三角耳の男の子は、あっという間に子犬のような姿に変幻した。そしてピョンと軽く跳ねると、摩訶不思議な出来事に固まっている若葉の膝の上に乗り、そのまま丸まってしまった。

「よよよよ、妖怪って、本当に……？」

膝の上で寝息を立て始めた茶色の物体の温かさを感じながら、若葉は上擦る声でそう言っていた。

「この店、今までに見かけたことありましたか？」

店主の問いかけに、若葉はしばらく考える。

この帰り道は、毎日通る道。残業で遅くなるのも、別に今日だけのことではない。多くの人が引っ越しをする春先の繁忙期は、このくらいの時間になることはザラだ。

何より不動産会社に勤めている若葉は、新しいお店や物件には注意していたはずだった。空《あ》き部屋や空《あ》き物件の情報はとても大切で、仕事中に外回りをする以外にも、休日もよく散策をするほどだ。

だが確かに、この坂道で赤提灯を見たのは初めてだった。こんなに家に近い場所を見落とすなんてことがあるのだろうか。

若葉はこの店に入って、お酒は一滴も飲んでいない。多少の眠気はあるが、意識が朦朧《もうろう》としているわけではない。疲れているからのひと言で解決するには、不可解なことが多すぎた。

「……いえ、ありません」

ゴクリと唾を呑む。頭がどんどんクリアになっていくのが、自分でもよく分かる。

「この店は、普通の人間は入れない。ここに来るのは〝あやかし〟に類する者だけだ。夜しか開《あ》けていないし、そもそも外の赤提灯だって人間には見えないし、暖簾《のれん》もくぐれないはずだ」

「私には見えました。人間ですけど……」

店主の説明を聞いて、若葉は声が尻すぼみになっていく。

現実味のない話だが、昨日もこの道を通った若葉が、何よりもそのことをよく知っていた。昨日までこの店は、存在しなかったはずだ。

そういえば。若葉は先ほどのことを思い出した。店に入るときに聞こえていた騒《ざわ》めきが、若葉の入店後にパタリと止んでしまった。たくさんいると思っていた客が、ひとりもいなかったのだ。そしてその間、扉から出入りするような音も声も何もしなかった。

「そこの野狐《やこ》、どっかでお客さんに取り憑いたんでしょう。だから、お客さんにはこの店が見えたし、入れた。そういうことが稀《まれ》にあるって、俺も話には聞いたことがあります」

店主が指差すのは、若葉の膝の上でスピスピと呑気な寝息をたて始めた毛玉だ。

とりついた、取りついた、取り憑いた……⁉

噛み締めるようにひとつひとつ店主の言葉を頭の中で反芻《はんすう》した若葉は、あることに気が付いた。

「あの、もしかして、最初に私に言った『つかれてる』って……」

震える指を自らの頬《ほほ》に向けながら、若葉は縋《すが》るように尋ねた。

「そのままの意味ですね。妖怪に取り憑かれてるっていう」

そう言って黒髪の店主は、少しだけ口の端を吊り上げ美麗な笑みを浮かべた。

——どうやら若葉は、不思議なお店に迷い込んでしまったらしい。

視線を落として、その毛玉に触れる。三角耳をピクリと動かしたが、起きることはない。どう見たって、実在する獣にしか見えない。

「あの、すみません。その野狐《やこ》っていうのが、この子の名前なんですか？」

ふわふわの感触を楽しみながら、若葉は再び店主に問う。

現状いろんなことを聞くなら、訳知り顔で若葉たちを眺めているこの男しかいない。

店主は無言で若葉の前に新しい湯呑みを差し出すと、ゆっくりと話し始めた。

「野狐《やこ》っていうのは妖怪の名前で、野生の狐が人を化かすようになったものとか、狐《こ》神《しん》……いわゆる神様のなりそこねとか、成り立ちに色々種類があります」

「神様のなりそこね……」

「特徴としてはまあ、野狐《やこ》に憑かれると病気みたいな症状が出たり、火傷《やけど》の傷跡を舐《な》められると死んだりするとかいう説もあるようです。あとは悪戯《いたずら》好きで、憑いてる相手を転ばせるとか遊ぶだけのやつもいる、ってことくらいですかね。俺が知っているのは」

「しっ、死ぬ……⁉」

イケメン店主の口から飛び出した物騒な言葉に、若葉はつい立ち上がりそうになったが、すんでのところで膝の上の存在を思い出して座り直した。

告げられた事実に、おでんで温まっていたお腹と背筋がスウッと冷えた気がする。

「でもまあ、そいつからはそんな邪悪な気は感じないから、多分神様の方だろうとは思います」

店主の言葉に、若葉は膝の上で丸まる犬……じゃなくて子狐に視線を落とす。先ほどの若葉のワタワタにも全く動じず、ぐっすりお眠りになっている。

――憑かれてる……死ぬ……でも、この子はモフモフで、こんなにあったかい。

この小さな狐は、店主が最初に話したような悪い存在には思えない。

「神様……。そういえば私、今日やけにいっぱい転んだんです。何もない所で」

若葉は仕事中のことを思い返す。至る所ですっ転んで大恥をかいたことを。誰も信じてくれなかったけれど、確かに何かに躓《つまず》いたのだ。

「遊んでたのかもしれませんね。そいつ、まだ随分小さいので」

「そっか……遊んで……」

若葉が茶色のモフモフをふわりと撫でると、子狐は気持ちよさそうに身じろぎする。その様子に愛おしさが込み上げてきた若葉は、にんまりと笑って顔を上げた。

「お兄さん！」

急に笑顔を向けられた店主は、驚いた顔で若葉を見る。

「あの安心したら……お腹が空《す》いたので、おかわりしてもいいですか？　えーっと、竜眼と大根を追加で。あとはじゃがいもも食べたいです。それに牛すじも！　できれば、お出汁《だし》多めで」

「……はい。わかりました」

若葉の切り替えの早さに、彼は多少面食らった顔をしていた。しかし言葉少なにそう返事をすると、快くお鍋の方へ向かったのだった。

それから若葉は、おでんをつまみながら店主——千歳《ちとせ》という名前らしい——と色々な話をした。

「今日、寂れた神社に立ち寄ったとか、神棚を壊してしまったとか何かありましたか?」

もうすぐ営業が終わりなのか、千歳は洗い終わった皿を拭き上げている。チラリと腕時計を見ると、とっくの昔に日付が変わっていた。

「そうですねえ、今日、もう昨日ですね。朝から大家さんの依頼を受けて物件の確認に行って……あっ!」

順を追って自らの行動を振り返った若葉は、とあることに思い当たった。

新たに空室が出たという物件の下見のために少し遠方を訪ねたとき、そのアパートの敷地の一角に、小さな祠《ほこら》のような石積みを見かけた。

見るからに古いそれの前に、若葉はたまたま持っていた間食用のチョコレートを供えたのだ。祖母がそういったことを大切にする人だったため、その行動は若葉にとって自然なことで、そのままそこで手を合わせた。

その後にその物件の内見をしたり周囲の特徴などのメモを取ったりして帰路につき、職場に戻ったら、やけにすっ転ぶようになってしまったのだった。

「それでしょうね」

若葉が今日の行動を説明し終えると、千歳はあっさりとそう言った。

「や、やっぱり」

「その石積みは、元々は狐神を祀《まつ》る祠《ほこら》だったんじゃないでしょうか。神様であっても、人々の信仰心が薄れると、神としての力をなくしてしまう例があります。見るからに姿が退行していたようなので、おそらくは」

千歳はじっと膝元の野狐《やこ》を見る。それにつられるように、若葉も元狐神かもしれないという子狐に顔を向けた。

薄汚れた着物、幼児の姿、幼い言動に悪戯《いたずら》。それらが全て、人の信仰心が薄れたからだと考えると、胸の奥がギュッと掴まれたような気持ちになる。

「……状況からしたらその線が濃厚ですが、そうじゃない可能性もあります。ただの弱いあやかしがその辺で取り憑いただけかもしれませんし」

「えええええ⁉」

「力の弱いあやかしを、ほとんどの人は認識することができません。あなたも元々は見えていなかったでしょう」

「確かに……？」

若葉はふむふむと頷《うなず》く。

現に若葉も、千歳から指摘されるまでは野狐《やこ》の存在に気付かなかった。むしろ彼から教えてもらわなければ、これからも得体の知れないものにずっと転ばされ続けることになっただろう。最悪だ。ぜひ神様の方でお願いしたい。

今までの話をまとめると、プスプスと寝息を立てるこの可愛らしい子狐は、元神様のあやかしか、その辺の野生のあやかしかのどちらかということになる。どちらでも、あやかしには変わりはないのだけれども。

「それよりお客さん、今日も仕事じゃないんですか？　随分遅いですが」

「あっ、そうでした！」

千歳の問いかけに若葉はハッとする。

ご飯が美味しくて、色々とあって、すっかり長居してしまったが、残念ながら今日も始業時間は変わらず午前八時半だ。新人の若葉は、八時までには着きたいところである。睡眠時間も五時間は取りたいことを考えると、早く帰らなければいけない。

「わーー！　か、帰ります。ごちそうさまでした。おいくらですか⁉」

若葉は子狐をひょいと抱き上げると、慌《あわ》てて財布を取り出して精算をする。

「人には売ってないんですが」と渋る店主の前にバババと紙幣を置き、急いで店を出た。

店を出ると、冷たい風が頬《ほほ》を突き刺す。だが、お腹いっぱいでホコホコしている若葉にとっては逆に心地がいいくらいだ。

「あっ。君のことをどうしたらいいのか、聞きそびれちゃった」

さくさくと残りの坂道を登り始めた若葉は、抱きしめている子狐のことを考える。

あやかしに憑かれた場合、これからどのように過ごせばいいのかと千歳に尋ねるのをすっかり忘れてしまった。

「きゅ？」

「あうっ、その目は反則だよお……可愛すぎるんだけど」

腕の中の子狐は、つぶらな瞳で若葉を見上げる。

「ん～……ひとまず、うちに帰ろう。君も一緒に来るよね」

「きゅ！」

子狐は、元気に返事をする。

まあいいか。なんとかなるだろう。なぜだか不思議とそう思えた。

店に立ち寄る前と一変して、若葉の心はやけに晴れやかだった。今ならスキップだってできそうだ。坂道も全然苦にならない。苦手な自転車だって漕《こ》げそうだ。

そうして楽しく坂を登り終えたふたり――ひとりと一匹はマンションへ入っていった。


翌朝。少々寝坊してしまった若葉は、バタバタと忙しなく職場の制服に着替えつつ、目の前の子狐に言い聞かせていた。

「いい、リューちゃん。仕事中は絶対に外に出てきちゃダメだよ？　見えちゃう人もいるかも知れないし。わかんないけど！」

「きゅ！」

「よし、じゃあ昨日教えたとおりにね」

「くーん」

リューと呼ばれた子狐は、可愛らしく返事をする。

そんなこんなで野狐《やこ》を家に連れ帰った若葉は、寝る前にその子に『リュー』と名付けた。おでんの竜眼が美味しかったから、というしょうもない理由ではあるが、当の本人が喜んでいたからとても満足している。

住んでいる物件はひとり暮らし用の1Kであり、ペット可ではないので不安はあったものの、そもそもあやかしは普通の人にはほとんど見えないというからペットと言えないだろう。

「よし、リューちゃん可愛い～」

若葉が声をかけると、リューはポワンという音と共に、子狐の姿から小さなふわふわのキーホルダーに変化し、若葉の鞄の中に納まった。可愛い。

そろそろ家を出ないと、と玄関に向かう若葉は、この不思議な出来事をすんなり受け入れてしまっている自分に驚いていた。

さらに謎の高揚感も相まって、この出会いにドキドキわくわくしていることも確かだ。

……それに。

若葉は靴を履きながら、昨晩初めて出会った店主の青年に思いを馳せる。

千歳さんは、とても不思議な雰囲気の人だった。端整な顔立ちで、表情は乏しいながらも、あやかしについて語るときはとても真剣だったし、若葉の話もしっかりと聞いてくれた。きっとあの人自身もあやかしか何かなんだろう。

そうだとしても何よりご飯が美味しい。三回目のおかわりのときは、あの綺麗な顔に呆《あき》れが見えたが。

「よし、行ってきまーす!」

ひとり暮らしの家で、いつもはその言葉に返事をする人はいない。

だけど、今日は鞄の中から小さく「きゅん」と返事が聞こえた。それだけで嬉しくなった若葉は、家を出ると半ば駆け降りるようにいつもの坂道を下る。

前日にさんざん転んで痛めたはずの足は、羽のように軽かった。

第二章 海坊主とアジフライ

パソコンで事務作業をこなしながら、若葉はチラリと壁の時計を盗み見た。

あと三十分ほどで閉店時間になる。ちょうど客の波が途絶え、これから新規の来客がなければ、このまま業務が終わる。

他の従業員たちは客の内見のために出払っており、店には接客用のカウンター席で仕事をしている若葉ひとりだ。

十九時になったらガラス張りの店舗のブラインドを下げて、片付けができる。そうしたら、以前訪ねた時間よりもだいぶ早いけれど『あのお店』に行ってみよう。

若葉が心の中でにんまりとしたときだった。

「すみませ〜ん。ちょっと見せてもらいたい物件があるんですけど〜」

自動ドアが開《ひら》き、入って来たのは若い男女だ。

ピタリと寄り添い、見るからに桃色の幸せオーラを振り撒く彼らは、きっとふたり暮らし用の部屋を探しに来たのだろう。

「いらっしゃいませ。こちらにどうぞ」

若葉は立ち上がると、ふたりをカウンターの席へ案内した。

「よかった、まだ開《あ》いてたね」

「ぎり間に合った～」

「もう、早く仕事終わらしてって言ったのにい」

「悪い悪い。ま、開《あ》いてたから良いじゃん」

安心したように会話をするふたりににこやかな笑顔を向けながらも、若葉は内心少しがっかりしていた。

何もこんな閉店間際に来なくてもいいではないか。若葉の思考はもうあの赤提灯のお店に向いていたというのに、定時上がりの夢は見事に砕け散った。

初めて行ってからあっという間に一週間も過ぎてしまったが、あのお店の雰囲気やおでん以外の料理も気になって仕方がなかった。

連日、コンビニ弁当や卵かけご飯程度の食事しか摂っていないため、あのときのおでんのような温かい味が恋しくなった、というのが理由のひとつ。

若葉は色々と挑戦するものの、料理をすることは苦手だった。ご飯の上に卵を落とすことができるくらいだ。仕事でとっても疲れた後に、材料を買って料理をして後片付けをして……と考えただけで気が遠くなる。だからこそ出来合いのお惣菜やお弁当は本当に助かる。

それに、あやかしのことだってもっと詳しく教えてもらいたい。

狐のあやかしのリューは、今日も鞄の中で小さなぬいぐるみとなって大人しくしている。家で過ごすときは人型になったり子狐の姿だったりと様々だが、少しずつ鳴き声以外の言葉も話すようになってきた。

忙しくてあまり調べられていないが、機会があれば例の古い祠《ほこら》もまた訪ねたいと思っている。

「あの～ちょっとサイトで見た物件が気になってて」

「はい。どんな物件をお探しですか？」

一瞬意識があの坂道に飛びかけていた若葉だったが、気を取り直して接客を始めた。

……集中しよう。お客さんに満足してもらって、そのあとのご褒美としてあのお店に行くんだ。

「これこれ～」

男性がスマートフォンの画面を若葉の方へ向ける。

そこに映し出されているのは、自社のサイトで紹介されている１ＬＤＫの新築物件だった。

「こちらの物件ですね。他にもいくつかご提案させていただきたいので、ご希望の項目などをこの用紙に記載していただいてもよろしいでしょうか。その間に、こちらの物件の資料をお探ししますね」

若葉はふたりに規定の用紙を渡す。そして彼らが相談しながら用紙に記入していく様子を横目で見ながら、最初の物件の情報がのっているファイルを探した。

そうこうしているうちに、客から「書けた」との声かけがあり、若葉はその情報をパソコンに入力していく。

「ふたり暮らしができる物件、ということでよろしいでしょうか」

「そうです。あっ、電停かバス停が徒歩十分以内にある所がいいです」

「他に条件はありますか？　職場や学校に近い方がいいとか」

「ええと……あんまり階段とかが多いと、買い物が大変そうだな……って」

わかる。女性のコメントに、若葉は心の中で大きく頷《うなず》く。

『駅から徒歩五分！』『駅近。電停まで徒歩十分』となっている物件でも油断してはならない。その五分の道は車も入らないような狭くて急な石階段なことが往々にしてあるからだ。

「いくつかピックアップしてみますね」

そう言って客の話を聞きながら、条件に当てはまりそうな物件の情報を探し始めた。

どうやらこのカップルは来月から同棲を始めるらしい。幸せが滲《にじ》み出ていて、幸福のおすそ分けをしてもらった若葉も、すっかり心からの笑顔になっていた。

「では、今日はもう遅いので、内見は次回でよろしいでしょうか」

「はい！　お願いします、なるべく早く決めたいので」

「いつ頃がご都合がよろしいですか？」

「ええっと……仕事が休みの日は……」

若葉は客の希望を聞き、次の来店の日取りも確認した。

「――では、またのご来店をお待ちしています。ありがとうございました」

カップルは次回の来店予約をしてほくほく顔で帰っていく。

お辞儀をした若葉が顔を上げて時計を見ると、もちろん閉店時間は大《おお》いに超過している。この後、書類などの整理をするとなると、どう考えてもまた若葉の残業は確定だ。

「うっ……ま、まあでも、お客さんが満足そうだったから、よしとしよう」

客の希望に合いそうな物件を二軒分は確保したが、他にもいい物件があるかも知れない。限られた予算の中でなるべく条件の良い物件に住みたいと思うのは当然のことで、若葉だってお客さんに満足して欲しいと思っている。

ブラインドを下ろして閉店作業を行なった若葉は、もうひと頑張りと自席のパソコンに向かった。

結局、それから若葉が店舗を後にしたのは夜がとっぷりと更けてからだった。

次回彼らが訪ねてくるまでの準備や、それぞれの物件のセールスポイントなどをまとめているうちにすっかり遅くなってしまった。それに追加して、他にもいい物件がないか探したところ、なんだかとても素敵な所を見つけてしまい、その情報をまとめてと何かと手間取ったのだ。

「きゅ、きゅ〜♪」

「リューちゃん」

次に来たときには是非あのふたりに満足してもらわなくては。夜道を歩きながら、若葉がそう決意したところで、鞄から飛び出して肩に飛び乗ったリューがご機嫌で鳴いた。

あやかしの姿は周囲には見えない。だが、若葉がついつい気にしてしまうため、リューはこうして夜道以外で外に出ることはない。

帰り道では自由にできるからか、リューはとても楽しそうだ。

暗い道には、店や家から漏れる光や街灯が点々と灯る。人通りがかなり少なくても、リューがいることで若葉はとても心強かった。

「リューちゃん。待たせてごめんね。今日はあのお店に寄ってみようか。またおでんがあったらいいねえ」

「きゅきゅ！」

「竜眼と餅巾着がお気に入りだったもんね。やっぱり狐の神様だからかなぁ〜油揚げが大好きなのって」

初日に齧り付いて火傷《やけど》をしそうになっていたリューだが、餅巾着がとても気に入ったようだ。コンビニのおでんでも、まずはそれから手をつけるほどだった。

あの晩、リューと話をした若葉は、人を転ばせるような悪戯《いたずら》はしないことを約束させた。それがあやかしとしてのスキンシップだとしても、毎日ああして転んでいては、仕事にならないからだ。痛いのもある。

「……あ」

あの坂道に差し掛かると、その中腹に赤くて丸い光が見えた。あの提灯だ。

その様子にどこか安心した若葉は、歩く速度を少し速めながら目的の店へと向かった。

ガラリと入り口の引き戸を開《あ》けると、美味《かぐわ》しい香りが一気に若葉の方へ流れこんで来る。

その空気を存分に吸い込んだあと、元気よく一歩を踏み出す。

「千歳さん、こんばんは！」

「きゅ～♪」

においだけで元気になった若葉は、前と同じく無表情な店主、千歳に大きな声で挨《あい》拶《さつ》をした。リューも一緒だ。

「……いらっしゃいませ」

「えへへ、また来ちゃいました！ 今日も美味しそうな香りですねえ」

店内を見渡すと、外では聞こえていた声の主たちの姿はまたいなくなっていた。

千歳曰《いわ》く『人間に見られるのを恥ずかしがっている』らしいが、真偽は定かではない。

若葉には見えないタイプのあやかし、ということになるのだろう。

隠れてしまうあやかし――自分がそこに少し寂しさを覚えてしまうのが不思議なところだ。いつか姿を見せてくれるのだろうか。

若葉はそんなことを思いながら、この前来たときと同じ場所に腰掛けた。千歳の目の前のカウンター席だ。

ポワンという音がしたかと思うと、男の子の姿になったリューも満面の笑みで若葉の隣に座っていた。

「千歳さん、今日は何がありますか？　おでんはまだあります？　リューちゃんがとっても大好きで」

「申し訳ないですが、今日はありません」

若葉の問いかけに、無情にもそんな答えが返ってきた。

「そうなんですね……」

「おでん、ない……？」

楽しみにしていたリューは、眉を下げてウルウルと悲しそうな顔をする。

その様子を見ると、若葉はものすごく悪いことをした気になった。若葉が忙しくしていたせいで、機会を逃してしまったのかもしれない。

明らかに肩を落とすふたりに、千歳が声をかける。

「別のメニューがありますので。今日は――」

その言葉を遮って、ガラリと戸が開《ひら》く音がした。

他の来客だ。そう思った若葉は、何の気なしにそちらを見る。

そこには、思わず顔を背けてしまいそうになるような、厳つい風貌にスキンヘッドの大男が立っていた。

今の季節は冬。それなのになぜか上半身はタンクトップ一枚で、その頼りない布地から見える体型は筋骨隆々《きんこつりゅうりゅう》だ。下は作業着のような紺色のズボンに、黒いゴム長靴を履いている。

これは、目が合う前にサラリと視線を逸《そ》らした方が賢明かもしれない。そう考えた若葉がほとんど脊髄反射《せきずいはんしゃ》で顔を背けようとしたとき。

「え……やっだぁ〜チトセちゃんったら。可愛いお客さんじゃなぁ〜い」

その客は若葉と千歳を交互に見た後、風貌からは想像のつかない優しく柔らかな口調でそう宣った。

……いま、この人が喋ったのだろうか。

戸惑う若葉に構わず、その大男はにこにこと微笑みながら大股で近づいてくる。

回避が間に合わなかった若葉は、心を決めてにっこりと微笑みを返すことにした。

若葉なりに培った接客パワーでなんとか乗り切ろうと思ってのことだが、近くで見れば見るほどますます迫力がある。

外で見かけたらきっと、いや絶対に目を逸《そ》らしてしまうだろう。

「いらっしゃい。チエミさん」

千歳の声は、普段どおりだった。むしろその声色は、若葉にかけるよりも親しげだ。

「ふふふっ、アタシもようやく話題のかわい子ちゃんたちに会えたわぁ！　みんなが話してたから、気になってたのよね」

あまりの堂々たる風体に、先程聞こえてきた言葉は空耳だったと思い始めていたが、若葉の耳に届いたのは、やっぱりその、なんというか〝オネエ〟な言葉だった。

大男は若葉の前にくると、「ふうぅ～ん」と言いながら観察するように眺めている。ただでさえ若葉は座っている状態で、大男から見下ろされるのは、とてつもない威圧感がある。

「ワカバ、めっ！」

固まっている若葉の目の前に、颯爽《さっそう》と現れたのはリューだった。

急いで椅子から降りたリューは、両手を彼なりに大きく広げて、大男に対峙している。可愛い三角耳はピンと空を向き、ふわふわの尻尾はいつもよりもブワワと大きく広がっている。

プルプルと震えてはいるが、子狐なりに若葉を庇おうとして必死に威嚇しているのかもしれない。

そう考えると、若葉は心臓をギュッと握られたような気持ちになり息苦しくなった。

可愛すぎる。尊い。

幼児の姿のリューが対峙するのは、見上げるほどの大男だ。身長、体格、全てが違う。その子が自分を守ろうとしているその状況に、若葉はとてつもなく母性本能をくすぐられ胸をおさえた。

……だが、それは若葉だけに起きた現象ではなかった。

「やあああだっ！　かんわいいいいい～！　この子が例の野狐《やこ》ちゃんねっ。うんうん、確かにこの感じでは悪い妖《こ》ではなさそう。チトセちゃんの読みどおりだわっ」

目の前の大男は、折り曲げた筋肉質な両腕を逞《たくま》しい胸筋の前でブルブルと振る。どうやらこの人も、リューの可愛さに身悶えているらしい。

「……ええっと、あの……？」

「ワカバ、ボク……」

見た目と中身のとてつもないギャップに、若葉とリューは呆気《あっけ》に取られてしまった。

これまで静観していた千歳は、ため息をつく。

「……ふたりが怯えてます、チエミさん。あなた見た目は怖いんですから。ほら早く座ってください。まとめて作ります」

「まっ！　レディに向かって怖いだなんて、チトセちゃんってばひどい。あーもうやだやだ、最近の若い子は女心が全然わかってないんだからっ」

チエミさんと呼ばれたその大男はぷりぷりと怒《おこ》りながら、若葉たちから少しだけ離れたカウンター席に腰かけた。

威嚇のやり場がなくなったリューもどうしたらいいか分からずに、琥珀《こはく》の瞳を揺らしながら若葉を見上げている。

「……リューちゃん。とりあえず、千歳さんのごはんを待とっか」

「きゅ……」

若葉が頭をわしわしと撫でると、三角耳をヘニョリと畳《たた》み、リューはまた若葉の隣の席に戻った。

「――お待たせしました」

なんとも言えない静寂がしばらく続いた後、若葉たちの目の前に差し出されたのは黄金色に輝くアジフライだった。

見るからにカラッと揚がったその姿は、お腹が空《す》きすぎた若葉にとっては凶器ですらある。一気に口の中で涎《よだれ》が溢れた。

「お前、熱いから今日は気をつけろよ」

千歳がリューの前にも皿を置く。

そこにはひと口サイズに切られたフライが盛られていて、以前慌《あわ》てておでんに齧り付いて火傷《やけど》してしまったリューに配慮してくれていた。

……優しい人なのかもしれない。千歳は無愛想に淡々と作業をしているように見えたが、そんな一面もあるようだなと若葉は感じた。

しかし、今はそんなことより。

「いただきます！」

言うが早いか、若葉はその黄金色のアジフライに、添えられたタルタルソースをたっぷりと付けて口に運んだ。

ザクリと香ばしい衣、熱々ふわふわで脂がのっている鯵《あじ》。それとまろやかな卵とマヨネーズの風味が一気に広がる。

「んーーー！　美味しい！」

何度か咀嚼《そしゃく》した後に、隣にあるほかほかの白米も口に運べば一層幸せだ。

おまけでお味噌汁を飲んで、口の中をすっきり空《から》っぽにした若葉は充足感に包まれながら再び叫んだ。

「千歳さん！　これ、めちゃくちゃ美味しいです！」

無表情の店主は「そう」とぶっきらぼうではあるが、心なしか嬉しそうな返事をした。

「よっし、じゃあ次は……！」

若葉は、次にウスターソースを手に取った。

それをフライにかけると、ソースは衣にじゅわりと染みていく。

黄金色と茶色のコントラストがとても美しい。その逆三角形をハフリと頬張ると、タルタルソースとはまた違った酸味とパンチのある味わいが若葉を襲う。またしてもご飯が進む。

ともすれば魚臭さが際立ってしまうこともある青魚のフライだが、そういったものは全く感じられない。魚の甘みと旨味がいっぱいだ。

「リューちゃんもこれ、やってみて！　そうそう、上手だよ」

若葉は隣に座るリューに、タルタルソースとウスターソースでの食べ方の指南をする。

「ワカバワカバ、美味しい！」

ひと口頬張ったリューは、幸せそうに頬《ほほ》を撫でている。

その姿だけでもご飯が一杯食べられるが、生憎《あいにく》若葉のご飯茶碗は空《から》になっている。

「千歳さん。ご飯のおかわりをお願いしても……？」

「……はい。どうぞ」

「へへ、ありがとうございます！　美味しすぎて止まらないです」

千歳からまた器いっぱいにご飯をよそってもらった若葉は、照れ臭そうにしながらも、食事への追撃はやめなかった。

美味しいアジフライと、リューの愛らしい表情。箸が本当に止まらない。

若葉とリューは千歳の呆《あき》れ顔など気に留めず、その後も競うように食べ進めた。

「ごちそうさまでした～」

「ごちした～」

勢いよくアジフライ定食を食べ終えたふたりは、箸を置いて手を合わせる。お皿は空《から》っぽ、お腹は満杯だ。

「ちょっとぉ～チトセちゃん。この鯵《あじ》、どこの？」

そんな折、不満げな声が聞こえてきた。先ほどのあの大男だ。

チラリと視線を向けると、彼の前にも若葉たちと同じアジフライ定食が置かれている。すでに半分ほど食べ進めているようだ。

「どこ産って意味ですか？　これは松浦市《まつうらし》の鯵《あじ》です。ちょうど知り合いからもらったので」

「くっ……やっぱりぃ!!」

大男は悔しげな声と共に、ご飯茶碗をカウンターテーブルに力強く置く。

そんなに力を入れると割れてしまうのではとハラハラしながら見守っている若葉とは対照的に、千歳は涼しげな顔のままだ。

なぜアジフライひとつでそんなに怒《おこ》っているのだろう。松浦市といえば長崎県の北部に位置する市だけれど……

「松浦……鯵《あじ》……あっ『アジフライの聖地』だ⁉」

ブツブツと呟《つぶや》いていた若葉は、その結論に辿《たど》り着く。

若葉の職場には松浦市出身の同期がいて、そんな話をうっすらと聞いた記憶が蘇《よみがえ》る。

『松浦は鯵《あじ》の水揚げが日本一で……』とか何とか、言っていたような気がする。

その同期は仕事ができて、見た目も爽やかで、同じ支店での営業成績一位をずっとキープしていることまで芋づる式に思い出してしまい、少しブルーな気持ちになった。

「うっうっ、長崎の鯵《あじ》だって、美味しいんだからあ」

「何でも完璧だなんて……そんなことあっていいの……」

嘆く大男と若葉。

アジフライの美味しさで幸せに包まれていたはずの店内は、一気に暗い雰囲気になった。リューは突然落ち込んだ若葉を心配して、耳をスッと上げたり下げたりしている。

「松浦の鯵《あじ》も美味しいですから」

「ううっ、チトセちゃんの浮気者ぉ！　あんたも長崎のもんなら、じげもんば出さんばやろうっ」

「チエミさん、素が出てます。あと、その食器割ったらいくらチエミさんでも弁償してくださいね」

「くっ……！　同じ漁師として、アタシは……アタシは悔しいのよォォォオオ」

大男はそう叫ぶと、急においおいと泣き出してしまった。

その様子に、闇に落ちかけていた若葉はぎょっとする。

酒でも呷《あお》っているのかと思ったが、彼の前に置かれているのはただの緑茶だ。

アジフライを食べて男泣き――この場合はオネエ泣きなのだろうか――をしているのを盗み見ていた若葉は、千歳とパチリと目が合った。

「気にしないでください。チエミさんはいつもああなので。長崎で漁師をやっているので、他の地域の水産物を出すと毎回嘆くんです」

「え？　あっ、はい」

どうやら彼が感情を爆発させることは珍しいことではないらしい。常連客のようで、千歳に戸惑っている様子は見られない。

この店主を『チトセちゃん』と親しげに呼ぶくらいだ。きっと付き合いも長いのだろう。

「……あの、千歳さん」

皿を拭いている千歳に、若葉は小声で話しかけた。

カウンターの端では、あの大男が「美味しいから悔しいわああああああ」と泣きながらアジフライを食べ進めている。

「あの方も、やっぱりそうなんですか？」

この店を訪ねる客は普通ではないという話は初日に聞いている。

つまりはあの大男も、いわゆるあやかしなのだろう。

「ああ。あの人は『海坊主《うみぼうず》』。このあたりの海に昔からいたあやかしです」

若葉の問いに、千歳はあっさりとそう答えた。やっぱりそうらしい。

「あれ？　そういえばさっき、漁師として働いているって言いましたよね。あやかしって、働くんだ……？」

若葉の隣でリューは足をぶらぶらしたり、尻尾を振ったりと自由に過ごしている。

この可愛いあやかしも、将来働きに出るのだろうか。だけど、少しおかしいことに気が付いた。

この前、千歳は『あやかしの姿は人には見えない』と言っていたはずだ。

むむ、一体どういうことなのだろうと若葉は考えを巡らせる。

「あの人は特別力が強いから、人間の中でも普通に暮らしているんです。あやかしは人間と違って働かないと生きていけないわけではないので、趣味のようなものですけど。その目的はあやかしによって違います」

百面相をしていた若葉を見て何か察したのか、千歳はそう言った。

話によると、単純に人や仕事が好きだから働くあやかしもいれば、暇つぶし、ちょっと面白そうだから、なりゆき……などなど、本当にあやかしそれぞれの理由で俗世と関わっているらしい。

「なる……ほど？」

趣味で働く。何だかとても羨ましい響きだ。わかるようでわからない話に、若葉は曖昧に相槌《あいづち》を打つ。

「じゃあ、他にもそうやって働いているあやかしがいるということですよね？　もしかして私の周りにもいたりして……」

その質問を千歳はすぐに肯定した。

「はい。人間として暮らしているあやかしは思ったよりもたくさんいます。普段誰も気付かないだけで。ただ、そこの野狐《やこ》は――」

「ボク、野狐《やこ》じゃなくて、リューなの！」

シュバッと挙手したのはリューだ。千歳にも名前で呼ばれたいらしく、ワクワクとした眼差しで青年を見つめている。

「……リューは、まだ色々と不安定です。力もかなり弱いから、人間から認識されることはほぼないでしょう」

「ほぼ……」

「はい。もし認識できるならその人はあやかしか、お客さんみたいにあやかしに憑かれた人くらいだと思います。まぁ、よっぽど霊感の強い人間の場合もあるかもしれませんが。そこの野《や》……リューを認識できるのは――」

なるほど。千歳の説明に、今度こそ若葉はフムフムと頷《うなず》く。

つまり、あやかしの中には力の強さで序列があり、弱いあやかしは俗世で働くどころか、人間が認識することすら難しいのだろう。

逆にいうと、人の姿をして働いているあやかしは、とっても強い力を持っていると言うことになる。

アジフライひとつで嘆いているあの海坊主も然《しか》り。

「あやかしにも色々あるんですね……」

そう呟《つぶや》いた若葉が隣を見れば、千歳に名前を呼んでもらえたリューが満足そうな笑顔を浮かべている。ずっと無表情だった千歳もそれを見てほんの少しだけ笑ったような気がした。

「ね、ワカバ、ワカバ」

リューは若葉の服の袖をくいくいと引く。

「ん？　どうしたの、リューちゃん」

「ここのゴハン、すごいね」

目を宝石のように輝かせるリューは、尻尾もパタパタと嬉しそうに動いている。

「すごい……？　とっても美味しいってこと？」

若葉が尋ねると、リューは首を振る。

「ボク、元気に、なる」

拙《つたな》い言葉だ。しかし、これまでと比べるとずっと話せるようになった。

あやかしにとって元気になるというのは、実際どういうことかは分からないが、とにかくここのご飯は体にいいということなのだろう。それには若葉も完全同意だ。

「よし、じゃあここのご飯をいっぱい食べにこよう！」

「うん！」

「千歳さんに美味しいものをどんどん食べさせてもらおー！」

「おーー！」

「え……」

若葉とリューは、拳を作って決意を新たにする。

勝手に盛り上がるふたりに、それこそ狐につままれたような顔を千歳がした気がしたが、無視することにした。

カウンターの奥の海坊主は変わらずグスグスと泣き声を漏らしている。お皿は空《から》っぽなので、やはり千歳の料理の美味しさには抗えなかったのだろう。

その光景は軽くホラーだ、と思ったところで若葉は気が付いた。

前まではあやかしの存在自体がホラーだったはずなのに、今ではそのこと自体はするりと受け入れてしまっていると。

「じゃあ千歳さん、ごちそうさまでした。また来ますね、リューちゃんと一緒に」

お辞儀をした若葉が笑顔で頭を上げると、そこには変わらず仏頂面で何を考えているのか全く分からない千歳がいる。

「ボク、くる！　チトセとお話し、する！」

若葉がリューの手を引いて店を出ようとすると、彼はもう片方の手で千歳にふりふりと手を振った。紅葉のような小さな手が揺れる。

「ああ。またな、リュー」

そのとき若葉は今度こそしっかりと、わずかながらに千歳が微笑んだのを真っ正面から見た。完全にリューに向けた笑みであるけれど。

若葉と目が合うと、その笑顔はスッと消えてしまった。それが少し寂しい。

それでも、こんなに美味しいごはんを作るのだ。絶対にいい人に違いない。

そう根拠のない確信を持ちながら、若葉はリューと共に店を出たのだった。

◆◇◆

ふたりが退店し、店の引き戸がピシャリと閉まる。

それを見計らって、泣いていたはずの大男はケロリとした顔に戻った。

「随分泣いてましたけど、料理は口に合いませんでしたか？」

新しいお茶を出しながら千歳がそう尋ねると、チエミはキッと凄みのある表情で睨んだ。

「相変わらず美味しいわよっ！　憎らしいくらいにね！　松浦の鯵《あじ》も最高だわ‼」

「そうですか。それは良かったです」

「……あ～でも本当、去年ユエが店を畳《たた》むって言ったときはどうしようかと思ったけれど、チトセちゃんが継いでくれてよかったわあ。大切な憩《いこ》いの場だもの」

先ほどまでの嘆きや怒りはなかったかのような顔で、チエミがうっとりと思い出を語る。千歳はそれを黙々と作業をしながら聞いていた。

「あっ、チトセちゃん、どうするのぉ？　アレ」

大男は思い出したかのように千歳に尋ねる。

「……今は、様子見ですね」

「まあ、今は安定してるもんねえ」

あやかしらしくニタリと怪しく笑う大男を一瞥《いちべつ》すると、千歳は食器の片付けを続けた。

海坊主のチエミが言う『アレ』とは、若葉とリューのことだ、特にリュー。

人に取り憑いた野生のあやかしが、今後どうなるのか。それを千歳は注視している。

未だに善悪が分からないからだ。

――あの不安定な野狐《やこ》が、悪い方に傾かなければいいが。

笑顔で幸せそうに食事をしていたリュートのことが、彼の心に引っかかっていたのだった。

第三章　黒い霧とトルコライス

「ふうん、海坊主って結構怖いあやかしなんだなあ」

あのお店でアジフライを大《おお》いに堪能した日から三日後。

携帯端末で検索した結果を眺めて、若葉は思わずそんな声を上げた。

『海坊主。海に出没するあやかし。穏やかだった海面が突然盛り上がり、黒い坊主頭の巨人が現れる。大きさはかなり巨大なものから比較的小さなものまで、各地の伝承により様々。人が乗っていない間に、忽然《こつぜん》と船を隠してしまう』

ざっくりと、どのウェブサイトにも概《おおむ》ねそのようなことが書いてあった。

確か、チエミという名のあのあやかしの職業は漁師だったはずだ。

海坊主は海で暴れるあやかしなのに、現在は海の上で魚を大量に捕まえているのか。ある種、正反対の職に就《つ》いているとも言える。不思議なものだ。

「わ、江戸時代とか……もっと前の記録もあるの⁉　すごいなあ」

若葉は感嘆する。少し調べただけで、あやかしに関する古い伝記など様々な情報が出てくる。全ての書物を確認するのは時間がかかりそうだが、本などで勉強するのも楽しそうだなと思った。

「さて、そろそろ行かなきゃ」

休憩時間はもうすぐ終わる。職場に戻らなければならない。

『小野、ちょっと色々なくなりそうだから、ついでにおつかい行ってきて』

職場の先輩である高田《こうだ》先輩のひと言で、若葉は休憩時間の隙間を縫って買い出しに出ていた。

店舗で使う衛生用品やティッシュなどの日用品、お茶などのストックを買うのは、一番の下っ端である若葉の仕事だ。

この支店は、例のなんでもできる同い年の同期である大草蒼太《おおくさそうた》も配属されていて、比較的若いチームだ。

だが、彼は営業成績がトップなので、自然と雑務から外れる。そうすると必然的に若葉がほとんどの雑務をこなすことになる。

「えーっと、トイレットペーパーと、お茶とコーヒーと……」

買い出し先のスーパーの駐車場で、若葉はメモと商品を照らし合わせて買い忘れがないかを最終確認する。

本当なら休憩時間はゆっくり休みたかったが、仕方がない。

店舗の中で一番契約件数が少ないし、内見予約だって三日前の同棲カップルのものが明日予定されているくらいだ。

だからこそ、この状況を打破するために新しい物件の情報を集めたり、資料をまとめたりしたかったところだが、現時点で一番暇なのは確かなのだ。

車にエンジンをかけたタイミングで、そこに考えが至ってしまった若葉は少しだけ気持ちが落ちかけた。

だけど、と気合を入れ直す。

約束の案件が成約にすすめば、自信がつくかもしれない。新規のお客さんにだって、満足してもらえるかもしれない。

「今夜またあのお店に行こう。そのために頑張る！　よぉーしっ」

完全に独り言だけれど、若葉は自らを鼓舞《こぶ》し発進した。

ぐるぐる考えていたって仕方がない。自分ができることを頑張らないと。そうしたら、胸を張ってあの美味しいお店を満喫できる気がするのだ。

仕事の後のその時間が目下《もっか》の楽しみになっている。

お値段も良心的で、若葉とリューが戸を開《あ》けると、呆《あき》れたような顔をした店主が迎えてくれる。

まだ二回しか行っていないのに、彼のその表情にも慣れてしまって、むしろその冷たい視線が癖になるほどだ。

今日は何を食べよう、と夜ご飯のことを考えていた若葉が上機嫌で店舗に戻って車から降りると、入れ違いで見覚えのあるふたり組と高田先輩がドアから出て行くところが見えた。

「戻りました〜」

「あ、小野さん。おかえり！」

荷物を抱《かか》えて店に入ると、若葉はスーパー同期である蒼太に話しかけられた。

短めのすっきりとした黒髪で、整った目鼻立ちの爽やかな好青年だ。

彼は若葉の両手が塞がっていることに気が付くと、「持つよ」と言ってサッとそれを受け取った。流石《さすが》、ソツがない男だ。

若葉が感心していると、手際良く荷物を片付けた蒼太が若葉の所に戻って来た。

「高田先輩、これからお客さんと内見ですか？」

さっき見た様子からそう判断して蒼太に問いかけると、彼は少しだけ口籠った後、気まずそうに答える。

「そう……なんだけど。俺が戻ったときにはもう接客に入ってたから、なんとなく見てただけだったんだけどさ。……あの人たちって、小野さんのお客さんじゃなかった？　ほら、同棲用の物件を探してたカップル」

「え？」

蒼太に言われて、若葉は先ほどの客の姿を思い出す。

数日前に、閉店時間ギリギリに来たあのふたりだ。

若葉が約束していた日より一日早い。明日の午後だったはずだ。何度も確認したし、卓上のカレンダーにも明日の日付に大きな赤丸が記されている。

若葉は慌《あわ》てて自席に戻ると、彼らのためにまとめた資料を置いてあるファイルを探した。

すぐに使う予定だったから、わかりやすくしていたはずのそれが、見当たらない。

もしかしたら高田先輩が持ち出したのかもしれない。事前に相談していたから、彼もそのファイルの存在と内容を知っている。

そう思い至ると、若葉は脱力してしまった。

「小野さん？　大丈夫？」

「あ……はい。本来の内見の予定はまだ先だったんですが……急に都合がついたのかもしれませんね。外に出てて対応できなかったのは仕方がないです。はは、とりあえずお茶でも淹《い》れますね。大草さんは何飲みますか？」

「えっと……じゃあコーヒーで。って、いや、いいよ自分で淹《い》れるから」

「大丈夫です。このくらいしか役に立てませんし」

「そんなことは——」

「ちゃちゃっと用意してきますね！　では！」

間の悪い自分のせいだ。そう言い聞かせながら、若葉は蒼太から逃げるように給湯室へ向かった。

営業成績も抜群で、爽やかで、性格もいい彼に慰められると、今以上に卑屈になってしまう気がする。

「……っ」

コポリ、コポリ。注いだ水がお湯になり、フィルターを通って少しずつコーヒーが抽出されていく。

ぼんやりとしてきた視界でそれを眺める若葉の胸中は、悔しさでいっぱいだった。

数時間後、戻ってきた高田先輩と共にいたのは、本当にあの同棲カップルだった。

全員が満足そうに幸せそうな表情を浮かべている。

どうやら物件が決定したらしく、段階は申込書の記入へと進んでいる。

その様子を気にしないようにしながら、若葉は笑顔を貼り付け事務仕事を進めていく。その間、蒼太が何か言いたそうに見ていることは分かっていた。

だが、絶対に話しかけないで欲しいというオーラを出す。

気遣いができて、人の機微に敏感な彼のことだ。きっと若葉の気持ちを察してくれたのだろう。そんな蒼太が必要以上に声をかけてくることはなかった。

しかし顧客対応のため外出した彼は帰り際、若葉のデスクにチョコレートとほんのり温かい缶のカフェオレを置いてくれた。そのことを若葉はあとから気が付いたのだった。

「小野。これ役に立ったわ」

終業時間が近くなった頃。

高田先輩がネクタイを緩めながら若葉の方へと近付いてきた。

同時にバサリと机の上に置かれたのは、例のファイルだ。乱雑に置かれたことで、あの日残業してまとめた書類が飛び出して散らかる。

結局あのふたりが最終的に選んだ物件は、若葉が次に来たときにお勧めしようと思ってピックアップしていた物件だった。

「……そうですか」

「いや〜ちょうどさ、お前がいないときに来店してくるから俺も焦《あせ》ったよ。たまたま話、聞いてたからなんとかなったけどさあ」

「そうなんですね」

「ほんとほんと、大変だったわ〜。成約まで漕《こ》ぎ着けそうだから良かったけど。自分たちが選んでた物件も実際見たら色々細かいことが気になったみたいでさ〜。喧嘩しそうになったりして、ははっ、俺が仲裁したんだぜ」

「……そう、ですか」

契約が決まりそうなことが嬉しいのか、若葉の表情も気にせず高田先輩は上機嫌だ。申し訳なさそうな素振りもなく、逆に自分の苦労を強調してくる。

いつもだったら流せていたかもしれないが、今回はいつも以上に心に引っかかる。

「でさ、それからさ……」

早く立ち去って欲しいと思うが、高田先輩はまだペラペラと話し続けている。

表面上は取り繕った笑顔を浮かべていても、そろそろ限界だ。

「小野ももっと積極的に行かないと契約取れないよ？　万年最下位じゃん」

「っ！」

せせら笑いを浮かべた高田先輩の心ない言葉に、若葉が立ち上がろうとしたとき
だった。

「もっと俺みたいに……っ、うわあっ！」

目の前から、高田先輩の姿が急に消える。

何もないところで、彼は盛大に尻餅をついていた。

「え……あの、大丈夫ですか」

状況が掴めないのか目を白黒させているが、それは若葉にとっても同じことだ。

「っ、ちゃんと掃除しておけよ！　床が滑りやすくなってるじゃないか」

耳まで真っ赤にした高田先輩は、そう悪態をつく。この前若葉が転びまくったとき
には、率先して笑っていたのがこの男だった。

彼は興が削がれたのか、ブツブツと文句を言いながら自分のデスクへ戻っていく。

びっくりした。それに尽きる。

静かになったことでホッとひと息ついた若葉は、散らかったデスクを片付けると
早々に退社した。

いつもはつい残ってしまうが、今日はどうしてもこの場に居たくなかった。高田先輩も先ほどの転倒のことで顔を合わせづらいのか、若葉にはもう絡んでこなかった。

店の外に出ると、キンと冷えた風が頬《ほほ》に刺さる。

冬は日が落ちるのが早く、十八時を過ぎればもう真っ暗だ。店の明かり、行き交う車やバス、路面電車のライトをぼうっと見つめながら、若葉は足を進める。

「ふう……。もう冷たくなっちゃったな」

ふらふらと歩いて、海に面する出島《でじま》ワーフに辿《たど》り着いた若葉は、石造りのベンチに腰掛けた。

そこで蒼太にもらったカフェオレを飲む。

少しだけ車通りから離れたこの場所は、静かだ。近くの飲食店には煌々《こうこう》と明かりが灯《とも》り、賑やかな声も聞こえてくるが、それすら別世界のように感じる。

海面に反射する夜景の光が、波と共にゆらゆらと揺れる。視界が定まらないのは、波のせいだ。若葉はそう思うことにした。

「はあ……私ってダメダメだなあ」

頑張って残業した結果がこれだ。先輩には逆に説教をされるし、同期にはそつなくフォローをされてしまう。

そんな自分が情けなくて、若葉は言いようのない虚無感に襲われた。

何もかもうまく行かない。想像していたようなキラキラした社会人像にはほど遠い。

「……ワカバ、悲しい？」

どれくらいぼうっとしていたのか、若葉がハッと気が付いたときには、鞄の中にいたはずのリューが、男の子の姿で若葉のそばに立っていた。

暗くて良く見えないが、悲しげに眉尻《まゆじり》を下げている気がする。

「あの、センパイ……のせい？　ボク、ワカバが悲しいの、やだ……」

「リューちゃん？」

「やだ……ワカバが泣くの。……許さない!!」

刹那《せつな》。リューの周りの空気がおかしくなった気がした。

リューの耳がピンと立ち上がり、尻尾はブワリと膨らんでいつもよりも大きくなっている。それに、目も鋭く光っている。

夜で暗いはずなのに、彼の周りで黒い靄《もや》のようなものが蠢《うごめ》く様子がなぜかしっかりと視認できた。

どこか奇妙で、ゾクリとするような悪寒が若葉を襲う。

「リューちゃん！　ダメ！」

リューの異変に、若葉は慌《あわ》ててその小さな体をぎゅうっと抱きしめる。分からないなりに、この状態は良くないと直感的に思ったのだ。

視界がぼやけるほど打ちひしがれていたが、涙は引っ込んでしまった。

「ワカバ……？」

「大丈夫。ちょっと落ち込んだけど、私は大丈夫だから。こんな所にずっといたら風邪引いちゃうね。あったかいところに行こっか」

「……うん」

きっとこの体を何かが這《は》い上がるような悪寒は、寒い中で海風にずっと当たっていたせいだ。

その証拠に、リューを抱きしめたことで震えは治まった。黒い靄《もや》だってもう見えない。

「こうしてると、あったかいね」

その小さな体をさらにギュムギュムと抱きしめると、「苦しい」という声がした。

若葉は慌《あわ》てて腕の拘束を緩める。

「ごめんね、リューちゃん」

「もう、ワカバ！」

小さな頰《ほほ》を膨らませて、抗議の声をあげるリューを見て、若葉はホッと息をついた。

先程まで感じていた嫌な気配はすっかり消えている。

リューの姿はいつもどおりで、可愛くて無邪気な幼子だ。

「さ、帰ろうか」

「うん！」

狐の姿に戻ったリューが、若葉の肩に乗る。

そのままゆっくりと家に向かいながら、なぜだか若葉は得体の知れない不安のようなものを感じていた。

さっきのリューの姿は、一体何だろうか。

あやかし。人ならざるもの。不思議な存在。若葉はまだ知らないことが多すぎる。

「夜ごはん、コンビニにするね。リューちゃんは、いつものチキンを食べるよね？」

もちろん仕事で打ちのめされた今夜も自炊をする気力はない。

肩の上の子狐が「キュン」と同意の鳴き声をあげたのを確認して、若葉は帰路を急いだ。

とりあえず今日は、しっかりとお湯を張ったお風呂に入ろう。

この悪寒だって風邪のひき始めかも知れない。その後は早めに就寝するのが吉だろう。

そう決意した若葉は、坂の赤提灯に後ろ髪を引かれながらも、何とか愛しの我が家に辿《たど》り着いた。

ベッドにそのままダイブしたいくらいに心も体も疲れ果てていた若葉だったが、なんとか思い直して風呂を沸かす。

連日シャワーで済ませていたから、湯船に浸《つ》かるのは久しぶりだ。体を芯から温めるといえば、やはりこれだろう。

「リューちゃん、お風呂に入ろうか」

「お風呂？」

「うん、あったまるよ～」

小首をかしげる幼児姿のリューには子狐に変幻してもらうことにする。

お湯に怯えていた子狐だったが、湯船に浸《つ》かるとその温もりにすっかり魅了されたらしい。浴槽の縁《ふち》に顎《あご》を置いてダラリと脱力したモフモフが、プープーと変な鳴き声を上げながら湯に浮いている。

その様子を眺めていると、イガイガした心の角がそっと丸くなっていくような気がする。

「あれ、リューちゃんの尻尾の先っぽって、黒かったっけ？」

「きゅ～～？」

若葉は、目の前に浮かぶリューの尻尾の先が黒ずんでいることに気がついた。以前は白かったような気がする。

だが改めて考えてみると、果たして本当にそうだったのか自信がなくなってきた。

「……ま、いっか。お風呂気持ちいいね、リューちゃん」

「きゅ！」

湯気に包まれる浴室には、どこかゆったりとした時間が流れている。若葉はリューとともに、柔らかな時間を過ごした。


翌朝。

「ワカバ、これなに？」

「……ええと、目玉焼き……？」

「目玉、焼き……まっくろ」

「うん。ごめんね、失敗したんだよ……」

昨日お風呂でポカポカと温まり、食事をしてベッドに入った。するととても寝つきが良く、深い睡眠が取れてパチリと目が覚めた。

そしていつもより時間が早かったので、朝ご飯を作ろうと決心した。

爽やかな気持ちでここまで来たのだが、完成したものは実力通りの黒焦《くろこ》げの目玉焼きだった。

リューは若葉が仕上げた黒い目玉焼きを驚いた顔で眺めて、つついたり、においを嗅いだりしている。

「コレ、くさい？」

哀しげな表情も、とても愛くるしい。

「……ごめん」

料理は本当に壊滅的なんだと若葉が謝っていると、リューはその焦《こ》げた目玉焼きをパクリと口に入れた。

「あっ！　リューちゃん、ぺっしなさい！」

慌《あわ》てて吐き出すように指示するが、少しだけ険しい顔をしたリューはモグモグと咀《そ》嚼《しゃく》して、ゴクリと飲み込んでしまったようだ。

「……苦い、けど、美味しいよ」

ピョコリと茶色の耳が揺れる。琥珀《こはく》の瞳はまんまるで、屈託のない笑顔で若葉を見ていた。

「もー、リューちゃんったら。本当にごめん。今夜は美味しいものでも食べに行こうね！」

その頭をわしわしと撫でながら、若葉は昨夜のことに思いを馳せる。

今はこんなに愛らしいリューを、一瞬ではあるが怖いと感じてしまった。

ゾクッとした悪寒は、本当に冬の寒さのせいだったのだろうか。あれ以降は、いつもの可愛いリューだから、きっとそうなのだと思いたい。

だが、なぜか安心しきれない自分がいる。

「チトセのごはん、たべる？」

若葉が抱《いだ》く不安とは正反対の、期待に満ちた明るい顔が若葉に向けられた。可愛い。

「うん、そうだね。今日こそ千歳さんのところに行ってみよっか」

「……！」

リューの瞳が嬉しそうに揺れている。

あまりに愛らしいので若葉は思わず笑い、その柔らかな茶色の髪を撫でたのだった。

職場に着き、今日こそは絶対にあのお店に行くと決意した若葉は、朝から燃えていた。

「小野、コピー用紙が――」

「予備は納戸の棚の右下にありますのでどうぞ。残り一箱になったら教えてください。発注しますので」

「お、おう……」

「ごめん小野さん、バインダーってさ――」

「それなら新しいものを向こうの備品棚に置いています」

「あ、ありがとう！」

高田先輩や蒼太が尋ねる内容は、全てこの店舗内にある備品や消耗品のこと。若葉はパソコンで作業をしながら、その問いかけに淡々と答えていく。

今までだったら若葉が「私が取ってきますね」と別室まで取りにいったり、探して手渡したりしていたが、なんにせよ今日はそんなことに費やす時間はない。

それに別に若葉の業務は備品担当ではないのだ。そのくらい自分で探して欲しい。定時に業務を終えてお店に向かいたい一心で、若葉は集中して仕事に取り組む。

若葉がバリバリと仕事をしている途中、高田先輩と蒼太の立ち話が耳に入ってきた。

ここ一週間ほど高田先輩は不運続きらしく、地味に落ち込んでいるらしい。何もないところで盛大に転んだり、箪笥《たんす》の角《かど》に足の小指をぶつけたり、眼鏡を素足で踏んで壊したり、突然の雨でずぶ濡れになったりとささやかなことではあるが、それが続いて彼は随分と参ってしまったのだろう。

彼がライバル視しているはずの蒼太に愚痴を吐いていることが何よりの証拠だ。他にもいくつか細かい不運が重なっているのだろうと推測する。

いい気味だ、なんて言葉が頭を過るくらい、その話を聞いた若葉は少しスッキリした気分になった。

もちろん、あのカップルの契約は高田先輩の手柄になってしまったし、詫びや礼のひとつもなかったことはもやもやする。……だがまあ、こういうこともあるのだな、と社会勉強にはなった。

あのときは落ち込んだ若葉だったが、リューに癒されたこともあり、心機一転また前向きに仕事に取り組むことにした。

「――では、お先に失礼します！」

そうして自分の分の仕事を終えた若葉は、サッと荷物を手に取ると颯爽《さっそう》と職場を後にしたのだった。

久しぶりに千歳の店へ向かう足取りは、とても軽かった。

以前は深夜だったが、今日はまだ時間が早い。店が開《あ》いているかどうか気がかりだったが、坂の中腹にいつもの赤提灯が見えて、若葉は心底安堵《あんど》した。

「今日は何を食べようかなぁ。……あ、でも、よく考えたら、メニューって置いてないな」

いつも席に着くと、千歳から提供されるままに料理を頬張っていたことに若葉はようやく気が付いた。

でもそのどれもが絶品で、たちまちほっぺが落ちてしまうのだ。想像しただけでお腹が空《す》いてしまう。

一層早足になり、若葉は赤提灯を目指した。

「あ〜ら、いらっしゃい〜！」

店に入ると、カウンターに座っていたのは例のいかつい大男だった。海坊主のあやかしで、確か名前はチエミだっただろうか。

「こ、こんばんは」

店主よろしく挨拶《あいさつ》してきた彼に、若葉もペコリと頭を下げる。

顔を上げると、本物の店主である千歳がじっと若葉を見ていた。

色素の薄い緑がかった淡い茶色の瞳で見定めるように眺められ、若葉はピキンと固まってしまう。

千歳はただでさえ顔がいいのだ。美青年と見つめ合う状況は、若葉をひどく緊張させた。

「お客さん――」

「きゅーん！」

千歳が若葉に向かって何か言いかけたところで、若葉の肩から茶色の塊が弾丸のように千歳に飛んでいった。

もしかしなくても、リューだ。千歳の肩に飛び乗ったリューは、彼の肩で跳ねたり、モフモフの体を擦り付けたりして、喜びを全身で表しているように見える。

「わ、こら、お前、やめろ」

「きゅっ、きゅ～」

「あらら。チトセちゃん、随分と懐かれちゃったのねぇ」

「あああっ、こら、リューちゃん、やめなさい!!」

頬杖《ほおづえ》をつきながら、大男のチエミがのほほんとしている。

若葉はリューをなんとか下ろそうとあわあわと声をかけるが、当の本人はやめるつもりがないらしく、千歳にぴったりとくっついたままだ。

諦めたような顔で千歳がハァとため息をつくと、リューは満足げに彼の肩の上で丸まった。

しばらくその状態が続いたが、料理の邪魔になる……ということで、リューは大人しく男の子の姿になって席についた。足をぶらぶらさせながら、嬉しそうに千歳を見つめている。

リューちゃん、千歳さんに懐きすぎだよ、羨ましい。

若葉の胸に去来したのは、そんな嫉妬心だった。リューが一番懐いているのは自分だと自負していただけに、なんとなく悔しい。

「……なんで俺を睨《にら》んでるんですか」

「べべ別にー、なんでもありませーん」

気持ちが滲《にじ》み出ていたのか、若葉はどうやら千歳のことを恨みがましい目で見ていたらしい。

咎《とが》められたことでハッとして、子供のように口を尖《とが》らせてそっぽを向く。

「ふーん。じゃあこれ、食べないんですね」

千歳の方に視線を戻すと、彼はリューの前にお子様ランチのようなプレートを配膳したところだった。

もう一方の手には、若葉のものと思われる皿がのっている。

食べないわけがない。お腹は空《す》いているのだ。

「わああ！　ごめんなさいっ、食べます食べます！　千歳さんに見惚《みと》れてただけなんです。ね！」

若葉は急いで姿勢を正し、千歳にそう言い訳をする。

「……調子のいい人ですね」

数秒の沈黙ののち、若葉の目の前にもようやくそのお皿が配膳された。

ひとつの大皿の上に、ピラフ、ナポリタン、トンカツ、サラダ。そしてトンカツにはカレーのようなソースがかかっている。

「わあ、トルコライス！　私大好きなんです。いっただきまーす！」

この見るからに豪華で興奮する食べ物——トルコライスは長崎のご当地グルメだ。ワンプレートにピラフなどのご飯もの、ナポリタンなどのスパゲッティ、とんかつとソースが盛られている。とんかつの他にも、ハンバーグやステーキ、クリームコロッケなどお店によってバリエーションは様々だ。

なぜトルコなのかという疑問に対する答えは諸説あるが、とにかく、大人のためのお子さまランチのようなこのメニューが大好きな若葉は、コロッと態度を変え嬉しそうに食べ始める。

「わあああ」

リューは目を輝かせて覚えたてのフォークを使い、もうすでにこぼしながらも幸せそうに食べ進めている。

「……似たもの同士ねぇ」

チエミのそんな呆《あき》れたような声が聞こえた気がするが、若葉たちはトルコライスに夢中だ。

カレーソースのかかったとんかつを食べ、次に優しい味のピラフを口に運べば、口内はもう幸せいっぱいである。お肉はジューシーでスパイシー、ご飯がそれを包み込む。ナポリタンの酸味もいいアクセントになり、美味しくて箸が止まらない。

「んんんんん！　おいひい！」

口いっぱいにご飯を頬張って幸せそうに食べる様子を、千歳が呆気《あっけ》に取られた顔で見ていることなど若葉は全く気付かない。

「リューちゃん、美味しいね」

「うん！」

「あ、ちょっと待って、リューちゃんのだけエビフライがのってる！」

「えび？　これ？」

「そうそう。それもとっても美味しいから食べてごらん。ぱくっと」

「……えび、美味し！」

初めてエビフライを食べたリューは、モチモチのほっぺを押さえて目を輝かせる。

その様子がまた可愛くて、トルコライスがとても美味しくて。ああ、とっても幸せだ。単純だけど。

若葉は満ち足りた気持ちで残りを食べ進めたのだった。

「ふわぁー、お腹いっぱいです。ごちそうさまでした」

「あのトルコライスをお代わりするとか、お客さんの胃袋どうなってるんです……」

「えへへ、照れますね」

「……褒めてはないんですが」

ボリューム満点のトルコライスをペロリと食べ、さらにお代わりを要求した若葉に若干引いているような気がするが、まあ気にしない。

はち切れそうなお腹をさする若葉の前に、千歳はげんなりした顔で温かいお茶を置いた。そっけない態度ではあるけれど、なんだかんだいって面倒見のいい男である。

湯呑みを両手で持った若葉は、何度かフーフーと冷まし口に運んだ。緑茶の優しい味わいと苦味が、体に沁み渡る。

「ワカバちゃんって、面白い子ねぇ。この前はアタシが感極まっちゃっておしゃべりできなくて残念だったケド、今日また会えて良かったわ。見てて飽きないもの」

「ワカバ、面白い！」

ホッと息をついていると、リューの向こうに座るチエミからそんなことを言われた。琥珀《こはく》の瞳を輝かせて、リューも完全同意している。

面白いは褒め言葉なのか、と言おうと若葉が口を開《ひら》いたとき、店の入り口の戸がガラリと開《あ》いた。

緩くまとめ上げられた烏《からす》の濡れ羽色のような黒髪と、淡い藤色の美しい和服。垂れ目がちな瞳と、ぽってりとした唇。通りすぎる人が皆振り返るであろう美女が、驚いた表情で若葉のことを見据えていた。

「――あれ、人間がおる」

大声を出しているわけではないのに、透き通るような声はよく響く。妖艶な雰囲気を纏《まと》う美女に見つめられて、若葉はどこか所在なくどぎまぎしてしまう。

そうしてその美女は、ひと通り若葉を眺めると、するりと横を通ってチエミの隣の席に腰かけた。

「チトセ。今日は何？」

「こんばんは、ミケさん。今日はトルコライスです」

「……ウチもそれを」

ミケと呼ばれた美女は着物の羽織を脱いで、無造作に隣の椅子にバサリと置く。所作のひとつひとつに色気が漂っていて、そんなものとは無縁の若葉は美しさに魅了される。

この妖艶な美女は、店主の千歳のことを呼び捨てにした。ふたりの間には何か特別な雰囲気が漂っていて、きっと常連なのだろう。美男美女が言葉を交わすその横顔は、切り取って雑誌にできるような綺麗さで思わず若葉は目を奪われた。

千歳の眼差しは若葉に向けていた呆《あき》れたようなものではなく、優しさが表れており、少しだけ胸がもやもやする。

「……いやいや」

若葉は頭《かぶり》を振りながらお茶を啜《すす》る。

このもやもやした気持ち悪さは胸焼けの類《たぐい》だろう。大盛りのトルコライスふた皿は流石《さすが》に食べすぎだと自覚している。

「もお、ミケ！　羽織をこんなに雑に扱わないで頂戴よ。折角綺麗なのにぃ」

若葉がひとり考えていると、チエミがプンスカと怒《おこ》ったような声をあげる。

「……そういうの、苦手やし」

「ああもうっ！」

チエミはミケが乱雑に置いた紅色《べにいろ》の羽織を拾って、綺麗に畳《たた》み直している。意外にも繊細な質《たち》らしい。

このふたりは知り合いのようで、それもかなり古い付き合いであることを察した若葉は、どことなく疎外感を覚えた。

リューはご飯をしっかり食べ終えているし、若葉自身も満腹だ。だからもう帰ろうと席を立ったとき、カウンター越しに料理をしていた千歳と目が合った。

「もう帰るんですか？」

引き留められると思っていなかった若葉は、千歳の言葉にドキリとしてしまう。

「えっ？ あ、はい。お腹もいっぱいですし。今日もごちそうさまでした！ ね、リューちゃん」

「うん！ チトセ、美味しい！」

満足そうな笑顔を見せるリューを見て、若葉も自然と笑顔になる。

そうして視線を千歳に戻すと、彼はやけに神妙な顔で若葉たちを見ていた。

「……だいぶ、薄くはなってるか」

「え……？」

「おい、リュー、だったか？　一度、狐の姿になってみて」

少し長い前髪からは、彼の真剣な双眸《そうぼう》が見える。彼の指示に従うように、リューは
ポワンといつもの子狐の姿に変幻した。

「ウンウン、大丈夫そうじゃなーい。きっと、大《たい》したことはしてないのよぉ」

横からチエミの間伸びした声が飛ぶ。

「うん……大丈夫やと思う」

こちらを一瞥《いちべつ》したミケも、虚空を捉えるような表情でそう呟《つぶや》いた。

若葉には何も分からないが、どうやら彼らは、リューの様子を見て何かを確認して
いるようだった。

「お前、変に力を使うなよ。……戻れなくなるぞ」

「きゅ……」

「リュー、約束だからな」

「きゅん！」

千歳はとても優しい表情を浮かべ、ポフリとリューの頭を撫でる。

リューは撫でられて、とても嬉しそうにしていた。子狐の姿であってもそれが伝わっ

てくる。

「お客さんも気を付けてくださいね」

「は、はあ」

何を、と思いながら、若葉は曖昧に頷《うなず》くことしかできない。

なんだか本当に私だけが蚊帳《かや》の外みたいだ。若葉はそれが少しつまらなくて、寂しいと思う。

千歳たちとの一連のやりとりを不思議に思いながらも、若葉はリューを連れて足早に店を出た。

黒く変化していたリューの尻尾の先は、若葉が気付かないうちに綺麗な白に戻っていたのだった。

第四章　猫又と皿うどん

「小野さん」

昼休み前。パソコンの画面を見てぼんやりとしていた若葉は、そう声をかけられて顔を上げた。

声の主は、完璧同期の大草蒼太だ。

彼は午前中に大型の契約を決めたらしい。それを店長が褒めている間、高田先輩が少しだけピリついていた。

先日の高田先輩の契約横取りの一件は、若葉が知らないところで蒼太が談判してくれて、契約の報酬――いわゆる営業成績は折半《せっぱん》になった。営業成績を示すグラフが知らぬ間に伸びていたことを不思議に思っていると、蒼太からそう告げられた。同期思いのいい人のようだ。

「どうしたんですか？　買い出しですか？」

若葉が反射的にそう答えると、爽やかな笑顔が少しだけ歪《ゆが》んだ気がする。だが、気のせいだったと思えるくらいに、またすぐに完璧な笑顔に戻った。

「昼ごはん、一緒にどうかなと思って。今日お客さんは少ないし、高田先輩も良いって言ってたから」

「ごはん……私と？」

「小野さん、最近夜は早く帰っちゃうから。昼メシならいいかなあと思ってさ。折角同期で同じ所に配属されてるんだし」

草太は頭を掻《か》きながら笑顔を浮かべる。

そういえば、この店舗に配属されて半年以上が経つが、最初の歓迎会以降は彼と特に関わったことがなかった。

これまで自分の仕事に追われて周りがよく見えていなかったこともあるが、最近はもっぱらリューのことや千歳の店に通っていたため、さらに飲み会などから足が遠のいた節がある。

「そうですね。行きましょう」

職場の交流も大切だろう。そう思った若葉は笑顔で返事をした。

蒼太は満足そうに頷《うなず》くと、「またあとで」と若葉のデスクから離れていった。

十数分もすると昼休みになり、若葉は約束どおり蒼太と外へ出る。

いつもはひとりでランチを済ませていた若葉にとって、ふたりで並んで歩くのは少し違和感があった。

「小野さん、何が食べたい？」

「うーん、そうですね。寒いから、あったかいのがいいですかね。うどんとか」

「ああ、だったらお勧めがあるよ」

大通りから脇道に入り、スタスタと歩く蒼太について行く。

悲しいかな、身長が高く足の長い蒼太のペースに合わせて歩くと、女性の平均身長を下回る若葉は自然と早歩きになってしまう。

それでも昼休みの時間が限られていることは間違いないため、そのペースで店まで歩いた。

そうして着いたのは、軒先の暖簾《のれん》が可愛らしい小さなうどん屋さんだ。近くに寄っただけで、お出汁《だし》の温かな香りがする。

「俺は肉うどんにしようかな。小野さんは？」

「えーっと、かけうどんに、この玉子天をトッピングでお願いします」

店に入り、早々に注文を済ませた若葉は初めて来た店をぐるりと見回した。この店は五島《ごとう》うどんを売りにしているらしい。

千歳のお店より、少し広いだろうか。カウンターに腰かけているせいか、ついつい馴染みのあの店と比べてしまう。

高い位置に置かれたテレビからは、昼のニュース放送が流れてくる。

「次です。昨夜二十二時ごろ、長崎市〇〇町の路上で、歩いていた女性が女にナイフで切りつけられる事件が発生しました。女はその後取り押さえられ――」

「わ、通り魔かな。この近くだ。怖いね」

蒼太の言葉に、若葉は頷《うなず》く。

「本当ですね。あ、でももう捕まったんですね。良かった」

ニュースによると、犯人はすでに逮捕されているようだ。『何も覚えていない』とのことだから、酔っていたのだろうか。どちらにしても恐ろしいことだ。

「次です。西海市《さいかいし》の動物園が二位になりました。全国の五つの動物園のカピバラが露天風呂に浸《つ》かる時間の長さを競うイベントがあり――」

先ほどとは一変して、カピバラがのんびりと湯に浸《つ》かる映像が映る。明るい声色のアナウンサーが紡ぐそのニュースに、若葉もほっこりした気分になる。

「可愛い……」

「めちゃくちゃ癒されるね。俺も温泉行きたい」

そうしてふたりがテレビをぼんやり眺めていると、熱々のうどんが揃って並べられた。ホコホコの湯気と共に、お出汁《だし》のいい香りが一気に若葉にぶつかってくる。

「わあ、美味しそうですね！　いただきまーす！」

「ふはっ、そうだね。いただきます」

手を合わせた若葉が元気よくそう言うと、なぜだか蒼太が愉快そうに笑っている。食いしん坊なことが伝わってしまったかもしれない。

だが若葉は気を取り直して、目の前のうどんに集中することにした。

椿油《つばきあぶら》が練り込まれた細めのつるつるの麺に、奥深い味わいのあご出汁《だし》。その上に玉子の天ぷらがのっている。

ゴクリと唾を飲み込んだ若葉は、頂点にある天ぷらに箸を入れた。半熟卵から黄身がとろりとスープに流れ出て、麺に絡んでいく。

たまらなくなって、その麺をとって口に運んだ。

美味しい。めちゃくちゃ美味しい。これはリューにも食べさせてあげたい。

つるりと麺を飲み込むと、そんな感想が自然と頭に浮かぶ。

少し前から居候《いそうろう》しているあやかしは、いつの間にか若葉にとって大きな存在になっている。大切な可愛い可愛い同居人だ。

「ふっ、小野さんって、すごく美味しそうに食べるね」

若葉が美味しさに震えていると、蒼太が微笑んでいた。

「え、そうですか？　普通だと……それに、ほんとに美味しいから仕方ないですよ。だってほら、半熟卵の天ぷらですよ。すごくないですか、これ！」

美味しいものは正義だから仕方がない。旨味に震えて握り拳を作った若葉は正直な気持ちを伝える。

麺も美味しい。スープも美味しい。具材も全部美味しいのだ。

「そう……だね、ふっ、はは……！」

やけに得意げに胸を張る若葉を見て、呆気《あっけ》に取られたような顔をした蒼太は、ツボに入ったのか口を押さえて本格的に笑い出してしまった。

なんとなく恥ずかしくなり、若葉はまたうどんに集中することにして、再び麺をすすり始める。

すると隣からもまたズズ……と麺をすする音が聞こえた。蒼太も笑うのをやめて食べることにしたらしい。

そのまま無言で一気に最後まで食べ終えたふたりは、ホカホカした体で店を出た。来るときとは違って、頬《ほほ》に触れる冷たい外気が心地いい。

「美味しかったです。あのお店のこと知らなかったので、また行こうと思います」

「気に入ってくれて良かった。うん、また行こう」

「……？　はい、そうですね」

また行く約束をしてしまったように感じたが、まあきっと社交辞令なのだろう。

そう思った若葉は、深く考えないことにした。

あと少しで店舗に辿《たど》り着こうかというところで、蒼太が「あ、そうだ」と何か思いついたような声をあげた。

「カピバラも可愛かったけど、小野さんって狐が好きなの？　最近よくそのぬいぐるみ見てるよね」

蒼太が指差す先には、若葉の鞄がある。

そしてその中には、リューが入っている。狐の姿で。

「え……？」

この子は、普通の人間には見えないのではなかったか。

にこにこと微笑む蒼太の笑顔に、思わず若葉の表情は強張ってしまう。

「そ、そうですね」

「最初は犬なのかと思ったんだけどね。それにしても珍しいよね、狐のぬいぐるみって。うちさ、実家でポメラニアンを飼ってて――」

いつの間にか狐から犬の話に移行する。若葉はホッと胸を撫で下ろしたが、内心はかなり動揺したままだ。

「は、はは。私は犬だったらコーギーが好きですね。あのお尻がプリティで」

「わかる。あのどっしり感も可愛いよね」

表面上は蒼太と可愛い犬談義を交わしながら、若葉たちは職場に帰っていった。

そんな昼休みの後、とにかく若葉は急いでいた。ふたりで食事をして戻ってきた若葉と蒼太に高田先輩がぐちぐちと何か言っていたような気もするが、そんなことは重要ではない。

就業時間を少しはみ出した程度で仕事を終わらせ、駆け足で店舗から脱出する。

そうして、そのまま全力であの坂を目指した。冷たい風で目からは涙が出そうになるし、鼻の奥はツンとする。

それでも一刻も早くあの店に辿《たど》り着きたかった。

いつもの坂の真ん中に、明かりが灯《とも》る赤提灯がある。その明るさに安堵《あんど》して、ラストスパートをかけた。

「ぢ、ぢどぜざぁん……！」

千歳の名を呼びながらガラリと戸を開《あ》ける。

若葉は戸に手をかけたままゼエゼエと息を吐いた。喉の奥からは、じいんと血のような味もする。こんなに苦しい感覚になったのは、高校生のときに強制参加だったマラソン大会以来だ。

「な、どうしたんですか……？」

荒い呼吸を繰り返した若葉がようやく顔を上げると、目を丸くした千歳が目の前まで出てきていた。

カウンターから出たところを見たのは初めてだ。

「ぢとせさん、聞いてくださ……わっ！」

よたよたと千歳の方に進むと、疲労が溜まった足がもつれてしまった。そのまま前に倒れそうになり、若葉は衝撃を覚悟したが、すぐに体勢を持ち直した。

手を伸ばした千歳が、片手で若葉を支えていたからだ。

「……っとに、危なっかしいですね、お客さん」

「ご、ごめんなさい。へへ、ありがとうございます」

細身だと思っていたが、案外力があったのだなと驚く。

美味しいご飯のにおいとは別に、ふわりと優しい香りがして――ぼんやりしそうになったところで我に返った若葉は急いで姿勢を正した。

「ワカバ、だいじょぶ？」

足元にはいつの間にか変幻したリューもいて、心配そうに若葉を見上げている。

「う、うん。リューちゃん。ありがとう……！」

全力で走って来た若葉の髪はボサボサで、ゼエハアと荒い息をした顔は酷いものだったに違いない。

途端に羞恥心が湧いてきた若葉は、リューにそぞろに返事をしながら、慌《あわ》てて手櫛で身なりを整えて深呼吸をする。

「……そんなに慌《あわ》ててどうしたんです？」

千歳の表情は相変わらずクールだ。心底呆《あき》れているようにも見える。

「千歳さんに聞きたいことがあって。あの、リューちゃんのことで」

「こいつの？」

「ボク？」

ふたりの不思議そうな瞳が若葉に向けられる。

そう、こんなに急いだのには理由がある。若葉は昼休みからずっと気になって仕方がなかったことを、千歳に聞きに来たのだ。

「リューちゃんって、他の人間には見えないって言ってましたよね？　チエミさんはあやかしでも人間に見えるけど、他のあやかしは基本的には認識できないはずですよね？　あのミケさんっていう綺麗な方は、あやかしと人間のどちらですか？　あと千歳さんはどうしてここでお店を？　それにリューちゃんのことが見えてる同期がいて『ぬいぐるみ可愛いね』って言われて……私、何がなんだかわから――」

「待って、一回落ち着いてください」

一気に捲《まく》し立てる若葉に、千歳はそう言葉をかけた。

これまで積もっていた全ての疑問をまとめて聞こうとしたせいで、支離滅裂《しりめつれつ》になってしまった。中には別の方向で気になっていることまで、口ばしった気がするが後悔はない。

そばで聞いていたリューも、よく分からないのか三角耳を折り曲げて、小首を傾《かし》げている。

ああもう、聞きたいことが多すぎる。若葉の頭の中はぐちゃぐちゃだ。

野狐《やこ》というあやかしの詳しい話。この店に集うチエミやミケといった人間のような者たちのこと。そしてそんな店を切り盛りする店主の千歳のこと。

気になってはいたが、なかなか聞けずにいたことが溢れてしまった。

内心あわあわとしながら、若葉は返事を待つ。じっと見つめていると、千歳は仕方なさそうに息を吐いた。

「とりあえず、ご飯でも食べたら落ち着くんじゃないですか。今日はまだメニューを決めてないので、言ってもらえればお客さんが好きなものを作りますよ」

そう言って頭を掻《か》く千歳に、若葉は一瞬で逡巡《しゅんじゅん》する。

気になることは多いが、やはり今日もお腹が空《す》いた。

「じゃあ、皿うどんが食べたいです！　できればパリパリ麺の！」

パッと挙手をした若葉は、大きな声で頼んだ。

「……ふ。わかりました。では、カウンターに座っててください」

「！」

元気よく答えた若葉の顔を見て、千歳が少しだけ微笑んだ。ニコッというよりは、たまらずフッと噴き出してしまったという方が近いかもしれない。

それは、いつもリューやあのミケという女性にだけ見せている特別なもの。彼のそんな表情が若葉に向けられたのは初めてのことだった。

「どうかしましたか？　いつまでもそこにいられると、邪魔です」

「っ！　はいはーい、すぐに座ります」

前言撤回だ。やはり千歳は千歳であり、若葉には厳しい。

「チトセのごはん、たのしみっ」

少しだけむくれた若葉が椅子に腰掛けると、隣のリューが歌うように口ずさむ。その仕草と舌足らずさに、ささくれた心を癒されつつ、若葉は未だムスッとした顔で厨房の千歳を見つめた。

当の千歳は、流れるような所作で具材を切っていた。タンタンタンと包丁がまな板を打つ小気味いい音が店内に響く。

悔しいが、その立ち姿はとても綺麗である。

大きな鉄製の中華鍋に油を入れ、そこに小間切れの豚肉を投入すると、鍋肌に触れてシュッといい音が鳴る。そして海老やイカといった海鮮、それに桃色と黄緑色のかまぼこも追加で鍋に入った。

さらに、少し大きめに切られた旬の白菜や彩りの人参、シャキッとした玉ねぎなどの野菜も追加された鍋は、もうそれだけで美味しそうに見える。

思わずゴクリと喉が鳴った。

「美味しそうだね……」

「うん、美味しそ！」

若葉もリューも、すっかり千歳の料理の虜《とりこ》だ。

しばらく炒められたそれにスープが注《そそ》がれると、またしても鍋がジュジュジュッと美味しそうな音を立てる。

ブワァと広がる香ばしいにおいに、若葉のお腹は今にでも鳴ってしまいそうだ。

「……そんなに見られると、やりにくいんですが」

スープがふつふつとする鍋を見ていた千歳が、ふと顔を上げる。

作業は一段落したらしい。

心なしか無表情な千歳の頬《ほほ》が赤い気がした。火を扱っているためにそう見えるのかもしれない。

「すごいなぁと思って。私、料理は全然ダメなんですよね。この前なんて、目玉焼きすら焦《こ》がしちゃって」

「苦いけど、美味しかったよ？」

ポリポリと頭を掻《か》く若葉をリューがフォローする。だが、その言葉を聞いた千歳の眉間《みけん》に、くっきりと皺《しわ》が寄った。

「焦《こ》げた……目玉焼き……？　まあ基本的にあやかしには食事は不要ですけど」

「いや、違くて！　あの日はたまたまなんです。いつもはちゃんと……いえ嘘です、ごめんなさい。料理が下手すぎて本当にダメなんです。リューちゃんもごめんね、私、もう少し頑張る」

言い訳をしようと思った若葉だったが、千歳の厳しい視線からは逃れられそうもないため早々に観念した。

しょげている若葉を見て、リューはその小さな手を伸ばし、若葉の頭をよしよしと撫でる。

その仕草にびっくりした若葉が目を見開くと、リューはふにゃりと笑った。

「これ、ワカバがいつもしてくれる。オカエシ！」

「……リューちゃん！」

可愛いがすぎる。その仕草に若葉はときめき、リューをギュウッと抱きしめた。抱きしめられているリューも、嬉しそうにふわふわと笑っている。

「お客さん、普段は何食べてるんですか」

千歳は皿うどん特有のパリパリとした細麺をお皿に盛り付けながら、とても訝《いぶか》しげな表情で若葉に尋ねた。

「えーっと、基本的に外で食べるか、コンビニのお弁当ですね、えへへ。作るって言っても、朝ごはんとしてパンをトーストしてジャムを塗るくらいですかね」

「ボク、チキン、好き！」

「……そうなんですね」

照れている若葉を無表情で一瞥《いちべつ》して、千歳は一旦火を止めた中華鍋に水溶き片栗粉を投入した。ダマにならないように、素早くかき混ぜる。

そうして再び火を点け、大きなお玉を使いつつ、鍋を振り始めた。

その姿があまりにも様《さま》になっていて、若葉はついつい見惚《みと》れてしまう。

料理ができるなんて、それだけで神様みたいだ。

もしかしたら千歳は、この界隈《かいわい》では有名な神様的な存在なのではないだろうか。

やけにあやかしに詳しくて、何よりこうしてあやかし向けの料理屋さんをやっているくらいだ。きっと特別な人なのだろう。

慣れ親しんだ様子のあやかしたちの声やチエミやミケの姿を思い返して、若葉は勝手に納得した。

もっとも、若葉が店内に入ると姿を消すというあやかしたちとちゃんと遭遇したわけでも、ミケが人なのかあやかしなのかもまだはっきりと分からない。

謎だらけのこの料理屋だが、ここに来ると若葉はやけにすっきりして浄化されたような気持ちになる。お腹は満腹で、夜もとても心地よく眠れるのだ。

それはあやかしであるリューも同じらしく、千歳の店に行った後はとても元気になる。

本当に不思議なお店だ。

ぽやぽやと考え事をしている若葉の目の前で、パリパリの麺の上に具沢山の餡《あん》がのる。

揚げた麺に餡《あん》が触れると、シュウとまた美味しいにおいが立ち上った。そして若葉とリューの前には、湯気がホコホコと立ち上る皿うどんが並んだ。

「はい、皿うどんできました。あ、リュー。これも熱いから気をつけてな」

いつもどおり若葉とリューは顔を見合わせたあと、千歳にはじけるような笑顔を向け手を合わせた。

「「いただきます！」」

若葉はカウンターの上に用意されたウスターソースを手に取る。

「よし、じゃあまずは……」

麺を割るように、餡《あん》かけの中央に箸を入れる。餡《あん》と麺が馴染むように少しだけ箸で押さえた後、ソースを全体に回しかけた。

それから、餡《あん》がかかって少しくたりとした麺をひと口。続けて、まだパリパリの部分と野菜たっぷりの餡《あん》を併せてひと口。うん、間違いない味だ。

太麺もいいが、若葉はパリパリ麺の方が好きだ。まあ結局、どちらも美味しいことに違いはないのだけれど。

「んんん～～この味、この味！　最っ高ですね」

「……ありがとう、ございます」

「千歳さんすごい！　生き返ります」

「大袈裟な」

「いや本当に。私、最近何やってもダメダメだったんですけど、ここのご飯を食べるとすごく元気が出るんです」

自嘲《じちょう》気味《ぎみ》にそんなことを言うと、笑っていたつもりだったのに目尻から少し涙が出そうになった。

うまくいかない仕事と、美味しくて温かいご飯。

……もう少し要領よく振る舞えたら、もっと契約が取れて、胸を張って仕事ができるだろう。

だが実際は、いつもいっぱいいっぱいで周りを見る余裕などなく、寝食さえ疎《おろそ》かにしてしまう。以前の契約の件も横取りされたことよりも、正直なことをいうと自分の間の悪さやうまく立ち回れないことが何よりも悔しかった。入社前に想像していた理想の社会人と、今の私はあまりにもかけ離れている。

それに千歳がリューの主人だったら、きっと毎日美味しいものが食べられるのに、目玉焼きすら上手に焼けない自分のところにいるせいで可哀想だ。

一度考え始めると、堰《せき》を切ったように溜まっていたものが若葉の心から溢れ出す。

「あれ……？　えへへ、ごめんなさい、なんか……美味しすぎて」

笑って誤魔化しながら、若葉は目元を袖口で乱暴に拭った。

「料理もできないし、ほんと、ダメで……」

どうして私は、数度訪ねただけの料理屋の店主にこんなにも胸の内を明かしてしまっているのだろう。若葉は頭のどこかでそんなことを考える。

だが、言葉も涙も止まらない。

「ワカバ、悲しい……？」

ポタポタと涙をこぼす若葉の様子に、リューもいつの間にか箸を止めていた。

「ワカバが悲しいのは、誰のせい？」

俯いている若葉の頭上からやけに大人びた声がして、それと同時にまたあの悪寒がした。

ハッとして顔を上げると、再びリューが黒い靄《もや》に包まれそうになっている。

「リュー！　やめろ。この前約束しただろう」

「ふしゅ」

千歳がリューの頭をボフリと撫でると、その黒い靄《もや》は消え、悪寒もなくなった。

「お客さん」

「はい」

千歳の双眸《そうぼう》は若葉に向けられている。

泣いたり擦ったりした目は腫《は》れているだろう。きっと人様に向けられる顔ではないことは自覚していたが、それでも目を逸《そ》らすことはできない。

何を言われるのか。少しだけ怖くなって、若葉はスカートをぎゅっと握りしめた。

「その、すみません。俺の言い方が悪かったかも、しれません」

「へっ？」

バツの悪そうな千歳の言葉に、若葉は素っ頓狂な声を出してしまった。

なぜか謝罪されている。それも、あの厳しい千歳に。

「目玉焼きの件は、まあびっくりはしたんですが、別にそれでお客さんを責めるつもりはなくて」

「は、はい」

「ふたりとも食べるのが好きみたいなのに、普段はどうしてるのかとふと疑問に思っただけで、コンビニの弁当もうまいし」

「ずびっ」

千歳が説明する中、若葉は鼻を啜《すす》って返事をしてしまった。恥ずかしい。

「俺が言うのもなんですが、料理ができなくても別にダメだとは思いません。仕事も大変そうだし、夜遅いならいつもここで食べていけばいいんじゃないですか……その確か帰り道なんですよね？」

目を丸くする若葉に、千歳は続ける。

「この店、結構遅くまで開《あ》けています。リューも心配だから」

「あっ、うん、そうですね……」

びっくりした。そのおかげで涙が引っ込んだ。

千歳がこんな優しい言葉をかけるとは思わなかった若葉は、とても驚いた。

リューに会うついでだとしても、それでもこの店に来ることを許されたような気がして嬉しく思う。

「う〜〜っ」

「わ、なんでまた泣くんですか」

「チトセ、ワカバにいじわるした?」

「してない! ほら、せっかくの皿うどんが冷めますよ。ちゃんと食べてください。あなた用にお代わりもたくさん用意してるんですから」

「うわーーーーん」

「ええ……」

何を言ってもますます泣いてしまう若葉を前に、千歳はとても困惑しているようだった。普段は無愛想なイケメンが、オロオロとしている。

だが、ご飯が冷めると聞いては、泣いてばかりもいられない。せっかくのご飯の美味しい瞬間を台なしにはできない。

「ふぐっ、美味しい……美味しい」

少しだけ時間が経って、パリパリだった麺はすっかり餡《あん》を吸ってしんなりしてしまった。だがそれも美味しいのが皿うどんだ。

「次はまた熱々のものを用意しますので」

グスグスと泣きじゃくりながらも皿うどんを食べ進める若葉を見て、千歳はようやく安堵《あんど》したように呟《つぶや》く。

若葉は何度もうんうんと頷《うなず》きながら、具沢山の皿うどんを噛み締めるように食べた。ちょっとだけしょっぱいのは、涙のせいだろう。

「こ～んばんは～!! って、えええええ!? ミミミミッ、ミケ、大変大変、チトセちゃんが女の子を泣かせてるわあああああ！」

「……チトセ」

若葉がひと皿目を食べ終えようとしたとき、ガラリと戸が開《ひら》いて大男と和服美人が店に入ってきた。

大声を出したチエミは、両手を口元に当てて大げさに叫ぶ。

その隣の和服美人のミケは何も言わないものの、ジトリと非難めいた視線を千歳に向けていた。

「ああっ、ワカバちゃんじゃない！ お久しぶり！ このイケメンに何か言われた？全くもうチトセちゃんってば、顔はいいけど何かと無愛想なのよねえ～」

「わかりました。チエミさんはもうお帰りですね」

「ちょっと！ 意地悪はやめてちょうだい！」

「……今日は、皿うどんです」

「わ～い、チトセちゃんの皿うどん楽しみだわ～！」

ギャアギャアと騒ぐチエミに千歳は非常に冷静に返す。

その様子を遠目に眺めていた若葉の前に、突然ニョキッと白い手が現れた。

「えっ！」

「……すぐ、冷やさんば」

差し出されたのはハンカチだった。見るからに肌触りの良さそうな、品のいい花模様があしらわれたそれは、持ち主であるミケにぴったりだ。

色香を纏《まと》ったその人は、心配そうに若葉を見ている。

「ありがとう……ございます」

若葉はそれを受け取ると、そっと瞼《まぶた》にのせた。

心地よい花の香りと、ひんやりと冷えた感触がとても気持ちいい。絹でできているのだろうが、するりとして肌に馴染む。

「チトセが悪いかと？」

若葉がそうしていると、隣から透き通るような声が聞こえた。

ミケの声だ。

視界が遮られている若葉には、皆がどのような顔をしているのかは全く見えない。

だが、その声色には咎《とが》めるような響きがあり、チエミたちが何か誤解していることだけは分かった。

「え⁉　いやあの全然、千歳さんは何も。私がただ色々いっぱいいっぱいで、泣いちゃっただけです」

若葉は慌《あわ》てて否定する。冤罪《えんざい》だ。千歳は何も悪くない。

「……いや、まあ、俺も不用意なことを、言ったかもしれません」

「そんなことないですよ⁉　ほんとに、千歳さんが謝るようなことは！」

千歳本人がそんなことを言うものだから、若葉は慌《あわ》ててハンカチを取って立ち上がった。勢いが良すぎて、椅子がけたたましい音を立てて後ろに倒れる。

その音で、店内には一瞬の静寂が訪れた。

千歳もチエミもミケも、みんな目を丸くしていて、若葉は羞恥でかっと顔が熱くなる。

「ワカバ、こっち向いて」

「わ、わわっ」

ミケがパチリと指を鳴らすと、倒れた椅子は何事もなかったかのように元の位置に戻り、若葉の体も勝手にそこにストンと腰掛ける。

身に起きたことに動揺したままミケと向き合うと、優々とした笑顔のミケが若葉の瞼《まぶた》に直接手をかざした。

「ちょっと冷《つめ》たかけど、我慢せんね」

「え？　え？　ひゃっ……！」

ミケの手のひらは、先ほどのハンカチよりもずっとひんやりとしていた。スッと何かが引いていくのを肌で感じる。

それが数秒ほど続いた後、手が離れていく。

「もうよかよ」

ミケの優しい声で若葉は目を開《あ》けた。軽い。泣きじゃくって重たかった瞼《まぶた》が、自分でわかるくらいに軽い。

パチパチと瞬きをする若葉の前では和服美女がたおやかに微笑んでいて、彼女が泣き腫《は》らした若葉の瞼《まぶた》に何かしてくれたことが伝わってきた。

そうこうしているうちに千歳は、ミケたちと若葉たちのおかわりの分を合わせた四人前の皿うどんをテーブルに置く。

それからチエミとミケが食事をするのに合わせて、若葉とリューはおかわりまでしっかりと食べ終えた。

食べすぎてしまったらしいリューは子狐の姿に戻り、若葉の膝の上でプスープスーと鼻を鳴らして眠っている。

「……で、俺に聞きたいことがあるんでしたよね」

食べ終えた若葉に、千歳はそう切り出した。

「あらな～に、色っぽい話？」

そこに頬杖《ほおづえ》をついたチエミが入ってくる。飲んでいたのは緑茶のはずなのに、また酔っぱらいのような雰囲気だ。

彼らが来たことは想定外ではあったが、逆に知りたいことを聞くいい機会だとも思えた。

「あの……以前、リューちゃんやチエミさんはあやかしだっていうお話をお聞きしたかと思うんですが――」

「そおねえ。あっ、ちなみにこのミケもあやかしよぉ」

「……チエミ、今はワカバが話す番」

話を遮るチエミをミケが嗜《たしな》める。

彼女はあやかしだった。先ほどの不思議な現象のことも含めて、密かに聞きたいと思っていたことだったので、若葉は少しだけチエミのことをありがたく思う。

「人間として暮らすあやかしがいるというのは分かりました。えっと、ミケさん……もきっと、他の人からも見えるんですよね？」

「……うん、ウチは『猫又《ねこまた》』。丸山《まるやま》で芸妓《げいこ》しとる」

「アタシはベテラン漁師の海坊主よ！　……って、前も言ったわね」

若葉の問いかけに、大ベテランのあやかしふたりは快く回答する。

ミケは猫又というあやかしらしい。後で詳しく調べてみよう。

それに、丸山の芸妓《げいこ》。

丸山は、長崎の歓楽街である思案橋通《しあんばしどお》りを抜けたところにある。仕事の一環として休日にあの辺りを散策することもあるが、歴史を感じる落ち着いた街並みで、今なお花街の情緒が漂っている。

ミケの持つ不思議で艶《あで》やかな雰囲気にピッタリだと若葉は思った。

「それで、リューちゃんはまだ、他の人からは見えないんですよね？」

若葉の問いに、三人とも揃って頷《うなず》いた。

やはりそうだ。だったらなぜ、蒼太には見えた……のだろう。

「……今日、職場の同僚に『狐のぬいぐるみ可愛いね』って言われたんです。それで私、混乱してよく分からない回答をしたんですけど、そのことが今日一日ずっと気になってたんです」

蒼太には、普通の人には見えないはずのリューの姿が見えていて、それを何の躊躇いもなく笑顔で告げられた。

慌《あわ》てたせいで、変な回答になっていたことは否めないが、リューの存在を否定も肯定もしていない。そこは評価できるかも、と若葉は自負する。

「……見えるんですか、リューが」

「『最近そのぬいぐるみ見てるよね』って言われたので、完全に見えてると思います。私、仕事中もリューちゃんを眺めて癒されてたので」

「ふうん……」

千歳は顎《あご》に手をあてて、何やら考えるような仕草をする。

若葉は膝の上のモフモフをとりあえず撫でる。リューは一度フスーと大きく息を吐いた後、再び規則正しい寝息になった。

千歳の視線は若葉の膝上の子狐に向けられている。その眼差しは、どことなく優しい。

「そのお客さんの同僚とやら、前に話したように霊感が強いタイプなんでしょう。リューが見えるレベルってことは、他にもその辺でうようよしてる奴らとか、色々見えてるんじゃないんですかね」

「ひえ……大草さん」

同期の意外な秘密を知ってしまった。

というか、千歳の口ぶりだとその辺に何かがうようよしているのか。

「ちなみに、あなたには元々霊感がないので、リュー以外は見えません」

ゾクリとした若葉が慌《あわ》ててキョロキョロと周囲を見渡すと、千歳がぱしりと言い放った。まるで何もかも分かっているような口ぶりだ。

確かに若葉はこれまで、霊やあやかしにまつわる出来事に遭遇したことはなく、心霊現象とは無縁で生きてきた。

それがどうしたことかリューと出会った。不思議な出会いだ。さらにはこの店で、千歳たちとも出会うことができた。

「……あ、あとひとつ可能性があるとしたら」

「あるとしたら……？」

若葉はゴクリと唾を飲む。不敵に笑う千歳の顔は、やけに綺麗だ。

「そいつも人間じゃない、とか」

蒼太があやかしかもしれない。そんな考えなど頭になかった若葉は、家に帰ってからもその言葉が引っかかっていた。

確かに蒼太は人じゃないかもというくらい完璧で、仕事もできる爽やか好青年だ。……いやでも、あやかし？

あやかしの特徴と言えばなんだろう。若葉は知り合ったばかりのあやかしのことを頭に思い浮かべる。

例えば、海坊主のチエミ。いつだってエネルギッシュで明るい。遭遇するのはいつも夜遅くだったが、早朝から漁師として働いているとは思えないほどにパワフルだ。

あやかしには睡眠という概念がないのかもしれない。

確かに、蒼太は若葉と同じように夜遅くまで残業していても、ぐったりとしている若葉とは対照的にいつもシャッキリとしている。翌朝が外回りで早かろうと、疲れは微塵も見せない。

「むむ……当てはまってるような……」

ベッドの上で、若葉は枕にポフリと頭を埋《うず》めながら唸った。

だったら、ミケはどうだろう。丸山で芸妓《げいこ》をしているというミケは、きっと人を魅了する能力に長けているはずだ。それでいて、泣き腫《は》らした若葉にしてくれたように、気遣いも素晴らしい。

蒼太だって大家の皆さんからの評判がすこぶる良く、客も常に彼の対応に満足している。ボロボロの私に飲み物をそっと用意してくれるくらい、目配りもできている。

「う〜ん？」

蒼太は本当にただの人間なのだろうか。

若葉はぐるぐると思案する。チエミやミケといったあやかしたちが人間の日常生活に溶け込んでいることを考えると、彼もあやかしだという説も十分ありえるのかもしれない。

現時点では、大草蒼太という人物が、とにかく完璧であるという結果が若葉に突きつけられた。

若葉なりの考察が終わってチラリと視線を横に向けると、小さな狐はクロワッサンのように丸まって深く眠っている。

若葉は部屋の電気を落とし、子狐と共に布団に潜り込んだ。

「あやかしって、怖いイメージがあったけど、リューちゃんとかチエミさんとか……千歳さんを見てる限りは、全然そんな感じしないよね」

最初はどことなく近寄りがたい雰囲気だったミケさえも、若葉にとても優しくしてくれた。蒼太もそうだとすると、さらに若葉の中でのあやかしの株は爆上がりだ。

「あやかしって、なんかいい人たちばっかりだなあ〜」

すっかり彼らのことを受け入れてしまっている若葉がポツリと呟《つぶや》いた言葉は、ひとり暮らしの天井に吸い込まれていく。

最初の頃、千歳に告げられた『あやかしはいいものばかりではない』という忠告は、若葉の頭の中の隅の隅の方へ追いやられていた。そうしていつの間にか、あやかしという存在に対する若葉の警戒心はすっかり緩くなっていたのだった。

第五章　中華街とハトシ

「ねえねえ真衣《まい》ちゃん。お化けとか、あやかしとかって信じる？」

若葉の唐突な問いに、返ってきた言葉は「は？」だった。

目の前で眉を顰めているショートカットの美女の名は大橋真衣《おおはしまい》。キリリとした意思のある瞳が印象的な凛とした女性だ。ちんちくりんで未だに未成年と見間違えられる若葉からすると、大人の雰囲気があって憧れる。

正反対の見た目の若葉と真衣だったが、趣味がバレーボールという共通点で大学生の頃に知り合った。その後、彼女は公務員試験を経て市役所に就職した。

土日祝日が休みの真衣とシフト制の若葉では休日のタイミングが悉《ことごと》くずれていたのだが、今日は珍しくふたりの休日が合った。そのため、こうして長崎の街を散策することになった。

しばらくプラプラと浜の町を歩いてお腹が空いたところで、新地中華街《しんちちゅうかがい》でお昼を食べることにして近くのお店に入り、注文を済ませたところだった。

「どうしたの、急に」

真衣が訝《いぶか》しがるのはもっともだ。これまでふたりの間で、妖怪や心霊現象といったものが話題に上ったことはない。

どこのお店のご飯が美味しいとか、新しいカフェができたから行ってみようとか、最近のアイドルグループの誰がかっこいいとか、そんな他愛もないことでいつも盛り上がっている。

「えへへ、ちょっとね。身近な人がそんな話をしてて。真衣ちゃんはどうなのかな～って興味本位で」

「ふうん」

若葉の苦しい言い訳に不思議そうな顔をしながら、真衣は首を捻《ひね》った。

「信じてないってわけではないけど、私とは無縁だなあって思う。そういう体験もしたことないし。金縛りはまあ、なったことはあるけど、あれは疲れてるだけだって言うし」

「そうだよね……」

真衣の意見は、若葉のものと全く同じだ。やはり普通は、そういったこととは関わらずに暮らしていくものなのかもしれない。

「あ、そういえば。高校の頃、そういう人がいたな。見るからに暗くて、幽霊と話してるって噂があったの。今どうしてるんだろうな」

「えっ、そうなんだ」

真衣から意外な話が飛び出してきたことに若葉は驚く。

「一年生のときだけね。それにその人、二年生になったときには、めちゃくちゃ爽やか男子に変貌をとげててさ。いや本当に何があったの⁉︎　って逆に気になったことを思い出したわ」

「ええぇ〜。そんなことあるんだね」

「お待たせしました〜」

懐かしそうに話をする真衣に相槌《あいづち》を打っていると、注文した中華料理が一気にテーブルに並んだ。一度会話は中断だ。

具沢山のチャーハンにニラパンメン、太平燕《タイピーエン》に牛肉のオイスターソース炒め、エビマヨ……とふたり分にしては明らかに量が多いが、真衣と若葉にとっては通常運行である。

「わああ、ハトシもきた！」

中でも若葉が目を輝かせたのは、海老のすり身をパンで挟んで揚げた郷土料理であるハトシだ。以前調べたところによると、ハトシは明治時代に中国から長崎に伝わり、卓袱料理《しっぽくりょうり》の一品として料亭で提供されていたという。

「「いっただきまーす!!」」

サンドイッチのような見た目のそれをひとつ手に取ると、手早く頬張る。

「んん〜〜揚げたて美味しい！　このパンのサクッとした感じと、中のエビのぷりぷりとすり身のふわふわが本当に合ってるんだよねえ」

美味しさを語る若葉の言葉に頷《うなず》きながら、真衣もハトシに手を伸ばした。

「わかる。ランタンフェスティバルのときとか、ハトシロール売ってるの見かけたら私も絶対に買っちゃう」

真衣がハトシを頬張ると、これまたザクリと美味しそうな音が鳴る。

油で揚げてあるパンの見た目はとても油っこく見えるが、食べてみると口当たりは軽やかだ。パンが油を吸いすぎないように、エビのすり身を包んだ後、先に一度蒸して火を通しているそうだ。

美味しいものへの探究心から調理法まで検索したものの、もちろん作る気にはならなかった。目玉焼きを焦《こ》がすレベルの料理力しかない若葉には、当然ながら難易度が高すぎる。

……ああ、でも。

「ふふっ」

「え、なになに、若葉。どうして笑ってるのよ」

「あ、ごめん。ただの思い出し笑い」

「なーんだ、もう。あ、この太平燕《タイピーエン》取り分けてもいい？」

「うん、お願い！」

若葉が返事をすると、真衣は卓上に置かれた取り分け用の小さな鉢に、太平燕《タイピーエン》の春雨《はるさめ》麺《めん》と具材を器用に盛り付けていく。

ハトシの調理法のことを考えていた若葉の頭をよぎったのは、あの料理屋の無愛想な店主の顔だった。あの人なら若葉が『ハトシが食べたい』と言ったら、すごく迷惑そうな顔をしながらも、了承してくれそうだ。重ねてリューもおねだりすれば、イチコロだろう。そして、難なく作り上げてくれそうだ。

千歳のその反応を想像して、若葉は真衣に気付かれないように、もう一度クスリと小さく笑った。

若葉と真衣は怒涛《どとう》の勢いで中華料理を食べ終え、次はデザートの杏仁豆腐にとりかかる。

「あ、そういえばさ、見て見て」

　若葉がツルリと滑らかな杏仁豆腐の喉越しを楽しんでいると、真衣は若葉にズイッとスマートフォンの画面を見せる。

　画面には青空とそれに続くような石階段、それから赤い鳥居が表示されている。周囲には大きな木が生《お》い茂っていて、青、赤、緑……と、色のコントラストがとても幻想的な空間だ。

「神社？　すごい階段だね」

　若葉が言うと、真衣は大きく頷《うなず》く。

「同僚に教えてもらったんだけど、ここの神社のお守りが、縁結びにすごくいいんだって。隠れ人気スポットらしいよ」

「へえ……」

「なんだっけ、組紐？　レトロ可愛いって人気になってて、ほらほら、こんな感じ」

　真衣が画面で指を滑らせると、小さな透明の石がついた紐飾りの写真が出てくる。紐の色も種類がいくつかあって、可愛らしい。お守りといえば袋状のものに紐がついたイメージだったが、こういったものもあるのかと感心する。

「わ、ほんとだ、可愛い」

「若葉も今度一緒に行かない？」

真衣の誘いに、若葉もぶんぶんと首を縦に振る。

「行きたい行きたい！　毎日仕事ばっかりで、出会いないもん。休日はずっと寝てるし」

「あれ、でもさ、ほら同僚にすごい爽やかイケメンがいるって言ってなかった？　なんだっけ、『スーパー同期くん』」

真衣が言っているのは、もしかしなくてもあの大草蒼太のことだろう。

これまでも度々、真衣に仕事の話をする際にダメな自分と対比してスーパー同期くんとして彼が登場していた。

見た目も仕事も完璧な同期。そういった目で見ているというより、若葉にとっては仕事上のライバルという印象が強い。

「うーん、イケメンではあるけど、職場の人はちょっとねぇ……」

そのとき、ふと若葉の頭に浮かんだのはあの料理屋の店主の顔だった。

千歳、再びである。いつも若葉のことを呆《あき》れた顔で見る割に、おかわりを考慮してたくさんご飯を作ってくれる。

千歳のぶっきらぼうな優しさが、今はとても心地いい。仕事のことで涙が止まらなくなってしまったときも、最後までずっと見守っていてくれた。

「……その緩んだ顔。誰か思い当たる人がいるんでしょう。若葉、吐きなさい〜〜！」

あのときオロオロしていた千歳の様子を思い返して笑顔になった若葉を、今度こそ真衣は見逃さなかった。その変化に目敏く気付き、尋問を始める。

「やっ、やだな、全然そんなんじゃないってば。最近行きつけにしてるごはん屋さんに、ただすっごい綺麗な人がいて……」

「なにそれ詳しく！」

ゴニョゴニョと言葉を濁す若葉に、真衣は爛々《らんらん》とした眼差しで詰め寄る。

「詳しくも何も、綺麗な横顔を眺めてると癒されるってだけだから！　あ、真衣ちゃん。胡麻団子も頼んでいい？」

「え。流石《さすが》に私はもうお腹いっぱいかな……」

「そうなの？　じゃあひとり分にするね。すみませーん、注文いいですか？」

若葉の食欲には流石《さすが》の真衣も舌を巻く。考えただけでお腹がいっぱいになったのか、若葉への尋問も急転直下で取りやめとなり真衣も大人しく杏仁豆腐を口に運んだ。

若葉はその様子を横目に見てどこかホッとする。

そしてテーブルに届けられた香ばしく熱々の胡麻団子に、勢いよくハフリと噛み付いたのだった。

「「──ごちそうさまでした!!」」

数時間後。長崎散策を終えたふたりは、あの坂道の麓《ふもと》にいた。

「ねえ真衣ちゃん」

ここが真衣との別れ道。彼女はこのまま真っ直ぐに進み、右手の方にある坂道へは行かない。

さよならをする前に、若葉は彼女を呼び止める。

若葉は聞いてみたかった。

「この坂道の真ん中あたりに、提灯があったり、する……?」

坂を前にして、若葉はその方向を指す。

若葉の目には、いつもどおりに赤く柔らかく光るあの赤提灯が見える。まだ時間は早いが、もう明かりが灯っていることを嬉しく思う。

聞きながら、若葉はどこかどきまぎと緊張していた。

電車や車の音、通行人の話し声が満ちている中で、真衣の返事だけを聞き漏らさないようにと集中する。

「提灯? そんなものないけど」

真衣は若葉の指す方を見て、そして、首を傾《かし》げた。

「っ！　あの、真衣ちゃん、視力は」

「なに急に。ちゃんと両目とも一・五あるよ。変な若葉」

「え、えへへ……」

やはりそうか。真衣にはあの提灯が『見えて』いないのか……

若葉は心の中で呟《つぶや》いた。

千歳が言ったことは正しかったのだ。

あの提灯は誰にでも見えるものではない。

リューが若葉に憑いているから見えるだけで、普通の人である真衣にはその存在は認識できない。

だから当然、あの店に入ることもできないのだろう。

「あ、そうだ。若葉。最近物騒な事件が多いから、気をつけてね。通り魔が多発してるらしいから」

「え？　でも、犯人は捕まったんじゃなかったっけ」

「う一ん、模倣犯なのかなんなのか知らないけど、同じような事件が増えてるみたいなんだよね。女性が被害にあってるみたいだから、許せない」

通り魔。若葉は朝晩バタバタとしてニュースを見る時間がないから知らなかったが、蒼太と見たときの事件以外にも同じようなことが起きていたらしい。

「じゃあ、またね！」

真衣は若葉に手を振ると、夕日を背に帰路につく。

「うん。真衣ちゃんも気をつけてね！　ばいばい」

若葉も親友に手を振ると、赤提灯が灯る坂道を上り始めたのだった。


それからしばらく、若葉は平穏な日々を過ごしていた。

仕事はまあまあ順調に進み、やはり蒼太には敵わないが、高田先輩との差はあまりなくなって来たように思う。

千歳の店に通うようになってから、体の調子がすこぶるいいのもその要因だろう。あとはリューのモフモフに癒されて、心が落ち着いているからかもしれない。

業績が上がる若葉を、蒼太は自分のことのように喜んでくれる。同期なのに、後輩にでもなったような気分ではあったが、この店舗に配属された時期的には若葉が後輩であることは間違いないので、その気持ちをありがたく受け取っておく。

反対に高田先輩の視線は厳しくなって来たように思えたが、最近はお腹も心も満たされている若葉にとって、なんてことはなかった。

今日も午前中は新規物件について大家さんと打ち合わせをしたり、今度退居する部屋のハウスクリーニングを手配したりとスムーズに業務が進んだ。

ウィーンという自動ドアが開《ひら》く音がして、お昼の店番をしていた若葉は急いでカウンターへ出た。

妙齢の女性がひとり、若葉の方へ向かってくる。

「あの、ひとり暮らしの物件を探しているんですけど」

女性はなぜか、若葉を見て妖しく口角を吊り上げる。それに少し違和感を覚えながらも、若葉は席へ案内した。

「はい。場所や条件などはありますか？」

「できればこの近くで探しています。予算制限はないので、１ＬＤＫあたりで探してもらえれば」

若葉が尋ねると、女性は淀みなくするりと答えた。

予算の制限がないというのは珍しいなと若葉は思う。

この客を見る限り、年齢は若葉とそう違わないように見える。年下か年上かは微妙なラインではあるが、雰囲気からして社会人だろう。あくまで若葉の主観なので、若葉が童顔なことはこの際考慮しない。

「この辺りは家賃が高いですが、よろしいですか？」

「ええ。大丈夫です」

きっぱりと言い放つ女性の様子に、若葉は急いでパソコンでこの町の物件情報を調べる。

平地が少ない長崎では、町中の物件はかなりお高めの家賃設定だ。

だから若葉は、坂の上のエレベーターがない物件で暮らしている。

いくつか出てきた物件はどれも若葉と同年代の人が住むには家賃が高いような気がしたが、その女性は若葉が示した中で一番この店に近いところを選んだ。

「すでに前の方は退居されているので内見も可能ですが、どうされますか？　その場合、他の者が店に戻るまで少しお待ちいただくことになりますが」

その物件の場所はかなり近く、そろそろ誰かが店に戻ってくる時間でもある。そう若葉が提案すると、女性は首を横に振った。

「いえ……大丈夫です。よく通るので、場所は知ってますから。内装ももうウェブで見るので。そこ、もう契約したいんですけど、いいですか」

内見もしないで契約をしたがるなど、よほど急いでいるらしい。

だが物件は申し込みの後に入居審査があるため、即入居はできないものなのだ。

若葉がその旨を説明すると、少し戸惑ったようだったが、申し込み用紙にサッと記入すると、「できるだけ急いでお願いします」とだけ言い残してあっという間に帰っていった。

去り際、彼女になぜか握手を求められ、若葉は不思議に思いながらも笑顔でそれに応じた。

女性が去ってしばらくすると、蒼太が昼食から戻ってきた。

「戻りました～。あれ、小野さん、お客さん来たの？」

蒼太は若葉のデスクを自然な仕草でひょいと覗き込む。その一瞬で、記載している書類から大体の状況を把握したらしい。プロだ。これもあやかしの成せる業なのだろうか。

あれからそれとなく蒼太の様子を観察していた若葉が気が付いたのは、彼がよく虚空を眺めているということだ。店舗の天井や裏口あたりを見つめてよくため息をついている。

それに、何やらぶつぶつと呟《つぶや》いて肩を払ったりする場面も何度か見かけた。

今まで机に齧り付いて業務をしていたため知らなかったが、もしかすると蒼太は以前からそのような不思議な行動をとっていたのかもしれない。ますます怪しい。

「小野さん？　どうかした？」

一瞬別のことを考えていた若葉の目の前で、蒼太はヒラヒラと手を振る。気を取り直した若葉は、先ほど起こったことを話すことにした。

「あ、はい。女性がおひとりで来られたんですけど、随分急いでたみたいで、たった十分ほどで近くの物件を即決して帰っていきました。予算の上限もなかったんです」

「へえ〜。そうなんだね！　そんなこともあるんだ」

蒼太はそう言って驚いた顔をしながらコートを脱ぐと、ロッカーの方へ向かって行った。

しかし、誰よりも驚いているのは若葉自身だ。まるで狐につままれたような一瞬の出来事だった。

若葉はキョロキョロと周囲を見渡して、蒼太がまだ戻らないのを確認すると、そっと鞄に手を突っ込んだ。

リューのふわふわな感触に心が落ち着く。

「さて……最短でってことだから、大家さんと至急連絡を取らなきゃ。よし！」

そっと鞄から手を抜き、若葉は小さく拳を作って気合を入れる。

そうこうしている間に高田先輩も戻ってきて、若葉が申込書を受け付けたことに目を白黒させていた。

仕事場からの帰り道。

「……ワカバ、チトセの所、行こ」

冷気を避《さ》けるため、マフラーに顔を埋《うず》めながら歩く若葉に、鞄からするりと抜け出したリューがそう言い出した。

「えっ。今日は真っ直ぐ帰ろうかなあと」

疲れているのか体が重く、すぐにでも眠りたい気分なのだ。

「ダメ」

吐く息が白い。若葉の返答をリューはばっさり断じる。

以前はヒト型のときしかおしゃべりができなかったリューだが、最近ではこうして狐の姿のときでも話ができるようになった。

少しずつ何かが変わっている。漠然とではあるが、若葉はその変化を如実に感じ取っていた。

肩のところまで駆け上がったリューは、若葉のマフラーを引っ張って、千歳の店へ誘導しようと躍起になっている。

元々帰り道の坂にあるのだから通る道ではあるが、若葉はなぜか今日は、そこを通らずに別の坂から帰ろうとしていた。

「珍しいね、リューちゃん。お腹空《す》いちゃったの？」

「ワカバ、こっち」

「分かった分かった。千歳さんのお店に行こうね」

小さな狐の体で、懸命にマフラーを咥《くわ》える姿はとても可愛らしい。

若葉は一度足を止め、またいつもの道へと戻る。そして、あの赤提灯へと向かった。

「こんばんは〜」

戸をくぐると、見慣れた先客が四人掛けの席に腰かけていた。チエミとミケだ。

カウンターには千歳の姿はないが、店が開《あ》いているのだから入っても問題はないだろう。

勝手に彼女たちのことを常連客だと思い始めていた若葉は、ふたりにもペコリと頭を下げる。

そうしていつものカウンター席に向かおうとしたところで、チエミに呼び止められた。

「ワカバちゃん。アナタそれどうしたのぉ〜？」

見慣れると、チエミのいかつい顔もスキンヘッドもどこか親しみが湧いてくる。

未だに彼女の装いはタンクトップで季節感はゼロだが、もう似合っているからよしとする。

ただチエミの言うソレの意味が分からない若葉は、きょとんと首を傾《かし》げた。

「え、何か付いてますか？」

「ええ、憑いてるわ」

コートをはたいたり、くるりと自分の姿を見回したりするが、特に何も付いていない。不思議に思っていると、例の和服美人であるミケまで近づいてきた。

「……これ」

「え……わわっ」

ミケがその白魚《しらうお》のような指で掴んだのは、若葉の右手首だった。

美人に触れられてドギマギしてしまったが、彼女が持ち上げた自らの手首には、見覚えのないミミズ腫《ば》れのような痣《あざ》があった。

「あれ、どうしたんだろうコレ。どこかにぶつけたのかなあ」

全く思い当たる節がない若葉は、その痣《あざ》を見て首を捻《ひね》った。手首を一周するような不思議な痣《あざ》だ。

「……覚えがないの？」

「はい。今日は一日、職場で働いていただけなので」

神妙な面持ちのチエミに、若葉はそう答えた。

本当に、こんなところを怪我した理由が見当たらない。

「ワカバ、早く、チトセのごはん」

「うん。でも千歳さんがいないね」

リューはいつの間にかヒト型になっている。その姿になっても若葉のコートをグイグイと引っ張って、先程までと同じように急かすばかりだ。

切羽詰まっているように見えるのは、気のせいだろうか。

「おチビちゃん、アナタがこの子をここに連れてきたの？　偉いじゃない」

「……ボクじゃ、できない」

チエミの大きな手が、リューのふわふわのミルクティー色の髪をわしゃわしゃと撫でると、リューは消え入りそうな小さな声で答えた。

そうして何かを堪えるようにグッと下唇を噛む。

ふたりの会話の意味が若葉には分からない。

　しかし、カウンターの奥からコトリという足音がした瞬間。リューの大きな三角耳がピクリと動き、目にも止まらぬ速さで子狐に変幻し、千歳の顔面に向けてすっ飛んでいった。

「……っ、なに、リュー。どうしたんだよ」

　勢いよく顔に張り付いたリューの尻尾を掴んでペリリと引き剥がした千歳は、とても怪訝《けげん》な顔をする。

　そしてその視線は、目の前のリューではなく若葉に向けられた。

「お客さん、あなた……それはなんですか」

「あ、えーっと、よく分からないんです。チエミさんやミケさんが教えてくれるまで私は気が付かなくて。書類で引っ掻《か》いちゃったのかもですねぇ」

　こんなのささやかな怪我じゃないかと若葉は思っているが、周囲の誰もがピリピリした雰囲気のため、そんなことは口に出せない。

　若葉にとっては、髪を結ぶ用のきつめのゴムを手首につけっぱなしにしていた後にできる跡くらいの感覚だ。

　リューはまた千歳の肩をぐるぐると走り回って、ごはんの催促をしている。

「そのおチビちゃんがワカバちゃんをここに連れて来たんですって。チトセちゃんのごはんを食べさせるために」

チエミが野太くも柔らかい声色でそう説明すると、千歳の視線はその茶色のモフモフに移る。

忙しなく動き回るそのあやかしを捕まえた千歳は、ふわふわとひと撫でして
「リュー、偉かったな」とだけ呟《つぶや》いた。

彼がリューを見つめる瞳にはやはり明らかに優しい色が滲《にじ》んでいて、若葉は驚愕してしまう。

なんだ、あの慈愛に満ちた顔。そう思ったときにはすでに言葉がするりと口から飛び出していた。

「えっ、千歳さんやっぱりリューちゃんにはめちゃくちゃ優しい……」

「なにか」

「ほらそれ、それですよ！　いつも私にはそんな口調なのに、リューちゃんにだけ優しいし、親しげじゃないですか……ずるいです！　私のこともお客さんじゃなくて名前で呼んでください」

「は……」

「小野若葉です。お・の・わ・か・ば！」

千歳は急に自己紹介を始めた若葉を見て眉を寄せている。若干引いているような表情ではあるが、もうこうなったら勢いだとばかりに若葉は胸を張った。

リューは可愛いから優しい顔になるのはわかる。わかるが、親しく名前で呼び合うこの常連だらけの店内で、若葉はなんとなく自分だけ外野のような気持ちがして、寂しさを感じていたのだ。

「ふふっ、チトセちゃんはイケメンだからねぇ。罪な男だわ」

「……チトセ、照れてる？」

頬《ほほ》を膨らませる若葉に、クスクスと楽しそうに笑うチエミ。コテリと首を傾《かし》げるミケと、店内を走り回るリュー。

それを見て、千歳はため息をつく。

「チエミさんもミケさんも悪ノリしないでください。……もう俺、飯作りませんよ？」

ぐるりと見渡した千歳が最後に冷えた声でそう告げる。

「「「ごめんなさい」」」

全員がピシリと姿勢を正し、即座に謝罪してそそくさと席についた。

それからいつもどおり若葉は千歳の美味しいご飯を食べた。

食事中やけに自分の鞄が膨らんでいることに気が付き、中を開《あ》ける。

そこには中華街で購入したよりよりという名の菓子が三袋も入っている。

そうだ。午前中の物件がたまたま中華街の近くだったから、打ち合わせの後にこれをお土産に買って、仕事が終わったらここに立ち寄って差し入れをしようと思っていたのだった。

それがなぜだろう。若葉はこの目的をすっかり忘れて、家に真っ直ぐ帰ろうとしていた。あのときリューが強引にここに連れて来なければ、若葉はパンパンに膨らんだ鞄で家に戻っていたことだろう。

自分のうっかり加減に首を傾《かし》げながらも、とりあえず一袋を千歳に手渡したが、なぜかモヤモヤした嫌な感覚が拭えない。

仕事が終わってからここに来るまで、自分が何を考えていたのかあまり思い出せないのだ。帰らなきゃ、帰らなきゃとそればかりで。

「あの、お客さん。……じゃなくて、若、葉さん……でしたか」

いつもどおり満腹になるまで食べ、食後の余韻をゆるゆると楽しんでいると千歳から声がかかる。

千歳が若葉のことをお客さんではなく、名前で呼んだのは初めてのことだ。彼なりに若葉の言葉を気にしているのかもしれない。

棒読みであるし、多少ぎこちなくはあるが、確かに名を呼ばれた。

「はい！　えへへ、若葉です」

若葉は膝の上で微睡《まどろ》むリューを撫でる手を止め、照れ照れとにやけながら顔を上げる。

「……手を出してください。さっきの、痣《あざ》になっている方」

残念ながら千歳はいつものスンとした無表情だったが、それでも嬉しい。

「手ですか？　はい、どうぞ」

不思議に思いながらも、若葉はカウンター越しに右手を出した。

心なしか、先ほどより少し色が薄くなったように思えるその痣《あざ》。それでもまだはっきりと目視できる。

それをじっと見つめた千歳は、何やら赤い紐のようなものをその痣《あざ》の上にくるりと巻きつけた。

「え……これって？」

「組紐の御守りです。しばらくはこれを付けておいた方がいいです」

「組紐……可愛いですね！　ありがとうございます」

三つ編みのように編まれた紐に、透明な石がついている。見た目も可愛らしいそのブレスレットのようなものを見た若葉は、一目で気に入った。

この前、真衣から見せてもらった画像のものとよく似ている。あのときはそれどころじゃなくなって神社の名前は聞きそびれてしまったが。

「いいですか、若葉さん」

考え事をしながら組紐を見ていた若葉は、やけに真剣な千歳の表情に少し驚いた。

「身の回りには十分用心してください。もしまた同じようなことがあったら、すぐにここに来ること。……心当たりがなくても、こっちで確認したいから時間があれば極力ここに顔を出して。分かった？」

「え、あ、はい……？」

千歳から強く念を押されて、若葉は戸惑いながら頷《うなず》く。

どうしてこの組紐をもらったのか、なぜ千歳が真剣な顔でそう告げるのか。若葉には全く分からない。

この店に毎日でも来いと言わんばかりの少し強引な口ぶりに動揺する。

その気持ちが顔に出ていたらしく、千歳は若葉から手を離すと、一度息をついて深刻な声で告げた。

「その痣《あざ》は、あやかしが付けた目印です。どこで目をつけられたかは知らないですが、あなたに狙いを定めたらしい」

「え？　狙い？」

「あやかしは、いいものばかりじゃない。前にそう言ったでしょう。その類《たぐい》です。若葉さん……あなたはまた憑かれています。今度はリューとは違う、悪いあやかしに」

「そんな……っ」

若葉はゴクリと唾を呑む。改めてまじまじと手首の痣《あざ》を見ると、そのくっきりとした線に背筋がスッと冷えた。

「だから絶対に、その組紐を外さないで。辿《たど》れなくなります」

長めの黒髪の奥で、色素が薄い千歳の双眸《そうぼう》が、真っ直ぐに若葉を見据えている。

……綺麗。どこか神聖で、厳《おごそ》かな光を灯すその瞳に、若葉は吸い込まれそうになった。

「聞いているんですか？」

ぼうっとしてしまった若葉の顔を覗き込むように、千歳の端整な顔がグッと近づく。

真剣に心配してくれるのは伝わるが、残念ながら何かと耐性がない若葉には刺激が強い。

あの日、真衣とそれっぽい話をしていたからか、余計に意識してしまう。

「はっ、はいい！　聞いてます、了解です、絶対に外しませんし、毎日でもここに来ます！」

ハッと気を取り直した若葉は、壊れたおもちゃのように激しく頭を上下に動かして、最後は立ち上がって敬礼をするという、何とも不思議な動きを晒すこととなった。

「ワカバちゃん、かっわい～い」

「……面白かね」

これまで黙って聞いていたあやかしふたり組も、そんな若葉を見て生温い笑顔を向けてくる。

「かっ、からかわないでください～！」

「ふふっ、若いっていいわネ。アタシもなんだか潤うわ～」

「……チエミはいつでも水浸しやろう」

「ちょっとミケ、聞き捨てならないわね⁉ アタシが言ってるのは心の潤いの話よ！海で暮らしてるからって、潤いまくりの妖生《きしょう》とは言えないんだからっ」

「……チトセ、このよりより、もっと食べたか」

「これは若葉さんからいただいたものなので」

「あっ、まだありますよ！ あと二袋も。さあミケさん、どうぞどうぞ」

「ちょっとアンタたち、アタシの話を聞きなさいよおおおおお！」

よりよりをミケにせっせと差し出す若葉を筆頭に、全く話を聞かない面々にチエミが激しく咆哮《ほうこう》する。

そしてこの騒動の中、リューはすやすやと眠ったままだ。

店内はとても賑やかで、この場所は若葉にとって心が落ち着く場所になっている。

「ふ……あはは！ ごめんなさい、チエミさん。はいどうぞ、よりよりです」

笑って滲《にじ》んでしまった目尻の涙を拭いながら、若葉はチエミにもう一袋を差し出した。

この空間に毎日来てもいいだなんて幸せだ。

悪いあやかしにも憑かれたという状況はよく分からないけれど、千歳から直々に店に来るように言われたことで若葉の心は浮き立っていたのだった。

第六章　組紐と角煮まんじゅう

千歳からあの組紐を受け取って、一週間ほどが経った。

言いつけどおり、あれから仕事の後には毎日あの店に顔を出すことにしている。

ご飯は食べたり食べなかったり――八割は食べているが、ただ挨拶《あいさつ》をするだけの日もある。

そうしているうちに、すっかりチエミやミケとも親しくなった。

「お、来たわね、ワカバちゃんとリュー坊」

店内に入ると、チエミが明るい声で若葉を迎えた。

普段チエミは漁師として働く海の男で、海上ではチャキチャキと漁師風を吹かせているそうだ。見た目は巨体にスキンヘッド、冬でもタンクトップに作業着ズボン、ゴム長靴……という強めの出立ちなのだが、中身は違う。

陸に上がるとオネエ風味が増してしまうらしい。

若葉に会う度に『寝不足は美容の大敵よ』『人は体が資本なの。しっかり食べなさい！』と面倒見の良さを発揮し、今ではオカンのような存在だと若葉は思い始めていた。

ただ、彼女に面と向かってそう言うと怒《おこ》られるのは分かりきっているため、その気持ちは若葉の内心に留めている。

「……ワカバ。はよ座らんね」

チエミの隣から顔を出した妖艶な和服美人――ミケが小さく手招きする。

普段ミケは、丸山で芸妓《げいこ》をしている猫又のあやかしだ。長崎《ながさき》花柳界《かりゅうかい》は古くは江戸時代から始まっており歴史がある。

彼女が猫又だと初めて知った後に、若葉なりに調べてみた。その結果、猫又は化け猫と混同されることもままあるが、猫から変幻したあやかしであることは同じらしい。

かつてミケは、江戸時代の丸山遊女に飼われていた飼い猫で、いつの間にか自身があやかしになっていたそうだ。

つまり彼女の年齢は、軽く見積もっても二百歳を超える。その話を聞いた若葉が目を丸くすると、チエミも『あの頃とは長崎も変わったわよねぇ～。鎖国も終わったもの！』などと懐かしそうに言っていた。チエミも古くから長崎にいるあやかしなのだろう。

「……チエミは、昔は悪かったけん」

「やぁだぁ〜もうミケったら、若気の至りじゃないの」

今日も今日とて若葉は、千歳の料理の完成を待ちながら、チエミとミケの昔話を聞いている。彼らが言う「昔」がいつの頃のことなのか、若葉にはさっぱり見当もつかないが。

「悪《わる》だった……って、具体的にはどういう感じなんですか？」

興味津々に若葉がそう尋ねると、もじもじと巨体をゆすりながら、チエミは恥ずかしそうに口を開《ひら》いた。

「内緒よ、内緒！　あーん恥ずかしいわ、若いって。今じゃすっかり船乗り側よぉ」

照れるチエミに若葉は少し引いた。隣のリューは驚いた様子でまんまるの目でチエミを見上げていて、今日も可愛い。

しかし、愛らしいリューだって、『野狐《やこ》』というあやかしだ。以前千歳から聞いたところによると、野生の狐があやかし化したものか、狐神のなり損ねのものとか、色々と成り立ちがあるらしい。悪戯好きであるという野狐《やこ》だが、今のところ初日に転ばされたくらいで、あとは至って呑気に暮らしている。

「リューちゃんは、そのままでいてね……！」

「？　うん、ふふ、変なワカバ！」

若葉が決死の思いを込めてふわふわの茶色の髪を撫でると、リューはくすぐったそうに笑う。

こうして今までは知らなかった、あやかしという存在と関わることになった若葉は、野狐《やこ》や海坊主、猫又について自分なりに調べてはいた。

だが実際に話を聞くと、やはり彼らは人間ではないのだと改めて認識する。

「ちょっと、アタシばっかり悪者扱いして！　ミケだって酷かったじゃない〜」

「……ウチは何も……しとらんし」

チエミに急に水を向けられたミケは、プイとそっぽを向いてしまった。

スラリとした白い首で、まとめ髪と和服の襟の間からのぞくうなじがとても色っぽい。

一見すると美人すぎて気後れしそうだが、長崎弁が醸し出す親近感により、とてつもなく魅力的なお姉さんになる。長崎弁可愛《みつ》い。

「まあね、ミケの場合は、男どもが勝手に貢いで破滅してただけだわね〜。アンタ、当時はめちゃくちゃ売れっ妓《こ》だったもの」

これまた昔を懐かしがるチエミだが、それは一体いつのことなのだろう。あまり長崎の花柳界の文化に明るくない若葉だが、ミケの艶《あで》やかさと美しさなら、それも当然だと強く頷《うなず》いた。

「ワカバ、ミツグって、なあに？」

「あっ、えーっと。みんながミケさんに構って欲しくて、たくさん贈り物をして気をひこうとしていたってこと」

「ふうん。だったらボクも、ワカバに貢《みつ》ぐ！」

なんとか若葉が説明すると、リューは笑顔とともにそんな愛らしい返答をした。

「リューちゃん……好きっ」

「ボクもー」

艶々のピンクのほっぺを動かして、可愛い返事がある。

若葉がたまらずリューを抱きしめると、モフリとした尻尾が若葉に触れた。憑かれてはいるが、この通り若葉とリューの関係は良好だ。一緒にいると癒される。

この騒ぎの中、黙って調理をしていた千歳が火にかけていた大鍋の蓋を外した。すると醤油のいい香りが店中に広がる。それは若葉の胃を直接刺激し、グウとお腹が鳴る。

「今日も美味しそうなにおいですね……！」

思わずカウンター席から立ち上がり、若葉は厨房を覗いた。千歳は鍋から大きな深皿によそっているところだ。

「落ち着いてくださいね。ちゃんとあなたの分は多めに用意してありますので」

涎《よだれ》を垂らしそうな勢いで覗き込んでいたら、呆《あき》れ顔の千歳にやんわりと制された。

そうして両手で皿を持った千歳は、それらを若葉とリューの前に置く。

そこには明らかにトロトロで、味がしっかり染みているであろうツヤツヤの角煮が、デデンと鎮座していた。

「わああ角煮！　すっごく美味しそう！　いただきますっ」

急いで手を合わせた若葉は、そのテラテラと神々しい光を放つ角煮の真ん中に箸を入れた。角煮は抵抗なく繊維に沿ってとろりと半分になる。

そうしてその片方の塊に、辛子《からし》をちょこっとだけのせた。

肉の茶色と辛子《からし》の黄色。その色の対比を見ているだけで幸せだ。

目で楽しんだ若葉は角煮を箸で掴むと、空気まで含むようにハムリと口の中に放り込んだ。

「っ！　んんんーー最高です！」

思わず頬《ほほ》に手を添えて悶える。

ひと口噛むと、プルプルの脂がじわりと溶ける。それから少し繊維のある肉の部分が、ほろほろと崩れていく。

滋味深いお醤油の味、それからほんのりとした甘さ。全てが一体となったところで、あっという間に飲み込んでしまい口の中はからっぽだ。

余韻を忘れないうちに、残りの半分も急いで口に入れる。またまた口内に幸せが訪れた。

次に角煮の隣に添えてある茹でた青梗菜《ちんげんさい》に箸を伸ばす。

豚のこってりとした甘い脂に、青梗菜のシャクシャクとした歯触りと爽やかな風味がとても合う。そしてスッキリしたところでまた、次の角煮へ……

それを何度も繰り返すうちに、若葉の皿の中身はどんどん減っていく。

「若葉さん、ちょっと待って。ほら、これもあるから」

最後のひとつに差し掛かろうとしたところで、千歳の声がかかった。箸を止めて見上げると、彼の手には竹で編んだ蒸籠《せいろ》がある。

千歳がパカリと蓋を開《あ》けると、白いふかふかの饅頭《まんじゅう》のようなものが顔を出した。

いわゆる花巻《ホアジュアン》と呼ばれるそれには、真ん中に切れ目がある。

「千歳さん、これってもしかして……」

見慣れた形状に若葉の心は踊る。角煮と花巻《ホアジュアン》。この組み合わせで何をどうしたらいいかなんて、遺伝子レベルで知っている。

「その角煮を挟んで食べて。リューにもちゃんと作ってやってくださいね」

「はーい！」

元気よく返事をした若葉は、ふわふわの花巻《ホアジュアン》の真ん中をパカリと開《あ》けて、そこに角煮を挟む。あっという間に角煮饅頭《まんじゅう》の完成だ。

琥珀《こはく》の瞳を期待で輝かせているリューにも、同じものを作って渡すと、彼の尻尾はブワブワと喜びで少し大きくなった。

「あーんもぉ、日本酒が飲みたいわぁ！」

「……美味しか」

リューと若葉がパフリと角煮まんじゅうに噛み付いたとき、常連のあやかしふたりからそんな声があがった。ふたりも大満足しているらしい。

千歳は奥に引っ込んだ後、升《ます》とグラスをチエミとミケの前に並べた。

さらに、青の綺麗な四合瓶をどんと置く。そのラベルには、浮世絵の美人画のようなものがプリントされている。

「これで良ければ。冷やがいいらしいです」

「もぉ～チトセちゃんったら！　どこまでアタシを惚れさせるのよっ」

「はいはい。じゃ、チエミさん、ミケさんの分も注いでくださいね」

長崎で有名な純米大吟醸の日本酒だ。チエミは喜びを表すために、そのごつい腕で自分を抱きしめ、クネクネと動いている。

通常運転な彼女の様子に、全員が素知らぬ顔をしている。この店一番の新入りである若葉でさえもう慣れてしまった。

「ワカバちゃんも飲む～？」

……角煮にとても合いそうだ。ぜひ、と言いたいところだが、明日は大事な用事がある。

「明日、お客さんとの契約が朝早くにあるので。お酒は控《ひか》えます。ありがとうございます」

チエミの魅惑的な誘いを、若葉はフルフルと首を横に振り断った。

「そーお？　残念ねぇ。じゃあミケとふたりでこの瓶、開《あ》けちゃおっと！」

そう言いながらも、全く残念そうではないチエミは、自分とミケのグラスに溢れる程の冷酒を注《そそ》ぎ、クッと喉に流し込んでいる。

きっと口の中には、日本酒ならではの甘いお米の味と大吟醸の果実のような爽やかさが広がっていることだろう。

その味を想像して若葉はゴクリと唾を飲み、それからその邪念を振り払うように頭《かぶり》を振った。

明日は開店早々、例のスピード申し込みをした女性との本契約がある。

審査も無事に通り、このまま行けば、すぐに引き渡しになるだろう。こんなにスムーズにことが運ぶのは稀《まれ》だ。万全の準備をして臨みたいところである。

よし、明日は頑張るぞ。

そう心の中で気合を入れ直した若葉は、小さくガッツポーズをした後、意欲に燃える瞳のまま千歳を見上げた。

そして、にっこりと笑顔を作る。

「千歳さん、角煮のおかわりくださいっ。あと、よければ白ご飯も」

「ボクも！」

揃ってお皿を前に突き出す若葉とリューに、千歳は呆《あき》れ顔ながらも、すぐに用意していたおかわりを渡したのだった。

それからはもう、楽しい時間を過ごした。

「大体ねえ、アタシはさ、ここの店主がユエからチトセに代わるなんて、どうしたものかと思ってたのよオ。それが……それがっ、こんなに立派になってえ……っ！」

お酒を飲むと泣き上戸《じょうご》になるらしいチエミは、以前のアジフライのときよりもおいおいと泣いて嘆いている。頭のてっぺんまで真っ赤っかだ。

「アタシのこの気持ちが分かる⁉　ワカバっ！」

「はい、そうですね！」

正直何もわからないが、若葉はとりあえずコクコクと首を縦に振る。五分に一回は同じ話を聞かされている気がするが、千歳の幼少期の話が聞けて、なんだかとても楽しいのである。

「チトセはまだこぉぉぉんなに小さくって、アタシのこと、『チエミちゃん！』って笑顔で呼んでくれたりしてっ。今はこんなんだけど、めちゃくちゃ可愛かったんだからあああっ」

「チエミさん、うるさい」

「何よっ！　アタシたち、アナタの親みたいなものじゃないっ」

怪訝《けげん》な顔をした千歳に嗜《たしな》められて、チエミはぷりぷりと怒《おこ》っている。幼い頃の話をされるのは恥ずかしいらしく、いつもより千歳の顔が険しい気がする。

「……チトセは今も可愛かよ？」

少しだけ頬《ほほ》に赤が差し、とろりとした表情のミケが、そんなことを言う。

お酒が入ったことで、彼女の色気は百割増くらいになっており、その優雅《ゆうが》な所作と流し目に、同性である若葉もドキドキしてしまうほどだ。

常人ならばひとたまりもないはずだが、当の千歳は「ありがとうございます」と素っ気なく答えた後、また黙々と調理を行う。鉄人だ。この場合は、鉄のあやかし、なのだろうか。

「千歳さんの小さい頃かあ……絶対に可愛いですよね。ね、チエミさんにミケさん。その頃の写真とかないんですか？」

「若葉さんまで……」

楽しくなってきた若葉がチエミたちに尋ねると、想像以上にげんなりした顔の千歳がこちらを見ていた。彼の嫌そうな表情さえも親しみが湧いて、若葉はついつい嬉しくなり頬《ほほ》が緩んでしまう。

少し前までは、この常連客が醸し出す雰囲気に疎外感を覚えたものだけれど、通いつめているうちに若葉なりに溶け込めたような気がして嬉しい。

「……チトセは昔、逆上がりができんで、ようユエに泣きつきよった」

「っ、ミケさん!!」

「そうだったわね。アタシもユエに頼まれて、夜の公園での練習に付き合ったのよオ。

「懐かしいわあああ、うぐうっ」

懐かしそうに振り返るミケに、珍しく恥ずかしそうな千歳、それからまた嗚咽《おえつ》を漏らしながら泣くチエミ。

絵画のように美しいミケと千歳の組み合わせが眩しくて、ふたりは男女の仲なのだろうかと密かに疑っていたこともあった。だが話を聞いているうちに、この三人にはどこか家族のような近しさがあると感じる。

……あれ。どうしてだろう。

そのことにとても安心している自分がいて、若葉は首を傾《かし》げた。

「ワカバ、どうかした?」

動きが止まった若葉を心配して、リューがそっと見上げてくる。

「ううん、なんでもないよ。……って、もうこんな時間⁉ 帰らなきゃ!」

ゆっくりとリューの頭を撫でて、時計を確認すると、いつの間にか日付が変わっている。居心地が良すぎるのも考えものだ。

「お先に失礼します! あ、なんですか、そのゆで卵」

慌《あわ》てて帰る準備をして立ち上がった若葉の目に飛び込んできたのは、ボウルに積まれた大量のゆで卵だ。ツヤツヤでプルンと鎮座している。

「角煮の煮汁に漬けて、煮卵にする予定だけど」

千歳のその回答に、若葉は歓喜する。角煮の煮汁で作った煮卵だなんて、美味しいことはもう保証されているではないか。

「今夜も絶対に食べに来ます！　では皆さん、おやすみなさい」

「ああ……おやすみ」

「ワカバちゃんにリュー坊、まったねえ～」

「……転ばんごとね」

「はーい。ごちそうさまでした！」

皆と挨拶《あいさつ》を交わした若葉は、ホコホコと温かい気持ちに包まれながら、リューと共に店を出たのだった。

翌朝。ぱっちりと目が覚めた若葉は、布団の中で丸まっている子狐姿のリューを起こさないように、そっとベッドから抜け出した。

とても気持ちの良い朝だ。目覚めもいい。

顔を洗い終わった後に見た自分の顔は、心なしかとても潤っているようだ。頬《ほほ》を指で押してみると、いい弾力だ。

「あ、もしかしてこれって角煮効果かなあ。なんかプルプルしてる気がする。うん、契約日和《けいやくびより》！」

若葉はにっこりと笑顔を作る。

それからいつもよりもずっとノリのいい化粧をして、制服に着替え、鞄にリューを入れて家を出る。

羽が生えたように下り坂を駆けて電停に行き、路面電車に乗り込む。

いつもは黄色と緑の二色の電車であることが多いが、今日は珍しい電車だ。綺麗な青のボディに、ステンドグラスの装飾がある特別な『みなと』号。

路面電車に乗り込みながら、やっぱり今日は特別な一日になるのだと期待せずにはいられない。

若葉が右手でつり革を掴むと、シャツの隙間からあの赤い組紐が覗く。あの痣《あざ》は、もうほとんど目視できないくらいにすっかり薄くなっている。

移り行く車窓の景色を眺めながら、若葉は足取り軽く職場へ向かった。

店舗の開店時間になるとすぐに、例の女性が店の中に入ってきた。

店長は別室でリモート会議、高田先輩は外回り、蒼太は遅出の日で、カウンターには若葉しかいない。何かあれば、店長を呼びに行くことになっている。

「おはようございます。今日はよろしくお願いします」

若葉が元気よく挨拶《あいさつ》をすると、その女性は長い茶色の髪を耳にかけつつ、ペコリと頭を下げた。

その女性は相変わらず美人だが、やけに赤い口紅が目についた。アクセサリーも煌《きら》びやかな大ぶりのものを身につけていて、一週間ほど前に見たときよりも派手な装いになったような気がする。

「……うすい……」

「え？　どうかされましたか？」

若葉をじっと見た女性客は、ほとんど唇を動かさずに何か呟《つぶや》いたが、書類を取り出す作業をしていた若葉は全く聞き取れなかった。

聞き返すと、女性はゆるゆると首を横に振る。

なんでもないということなのだろうか。不思議に思いながらも若葉が契約書などを取り出して女性に記入を促《うなが》すと、彼女はすぐに書き始めた。

口紅と同じく真っ赤な爪に目がいく。長く尖《とが》ったそれは、文字を書くのには邪魔そうに見えるが、意外とそうでもないらしく、すらすらとペンは動く。

と急いだ。

「ありがとうございます。では少しお待ちください。店長を呼んできます」

女性がひと通り書き終えたところで、物件の重要事項説明のために若葉は店の奥へ

「できました」

賃貸借契約や売買契約を結ぶ前には、不動産に関する情報を取りまとめた「重要事項説明書」と呼ばれる書面を交付し、客の目の前で読み上げなければいけないことになっている。借主や買主に、物件の内容をきちんと理解してから契約してもらうためだ。

だが、この重要事項説明に関する業務を行えるのは、宅地建物取引士《たくちたてものとりひきし》——いわゆる宅建資格保有者のみに限定される。

そのため、まだその資格を取得していない若葉は、契約に至る一連の業務をひとりで行うことはできないのだ。

ちなみにあのスーパー同期は、大学在学中に試験に合格していたというから、若葉とはレベルが違いすぎる。

本来であれば契約日の前に別枠で重要事項説明のための時間を設けることが望ましいが、今回は女性の要望もあって最短のスケジュールが組まれている。

……私も、もっと頑張らないと。

店長と女性のやり取りを見ながら、若葉はふと考えた。

今までずっと時間がないことを理由に資格の取得について先延ばしにしていたが、本腰を入れて取り組むべきではないかと。

そうすれば、ひとりでも契約までの業務を担当できるし、何より客に自信を持って物件を紹介できる。

「——じゃあ小野。後は頼んだから」

「はい。浦上店長《うらかみてんちょう》、ありがとうございました」

何事もなく重要事項説明を終え、店長はまた奥へ戻っていく。後は鍵の引渡しの日などを決めたら完了だ。ここまでとてもスムーズに話が進んでいる。

やっぱり今日はいい日だ。

昨日、千歳のところでたくさん食べて元気をもらった甲斐があるというもの。にこにこしながら、若葉は昨日のことを思い出す。

お酒を飲むと泣き上戸《じょうご》になる海坊主のチエミ、色気がムンムンの猫又のミケ、眠くなって丸まる野狐《やこ》のリューに、昔話を嫌がる料理の神様、千歳。

四人で過ごす時間はとても賑やかで楽しいものだ。

「……随分、楽しそうですね」

顔に出てしまっていたらしい。目の前の女性がそう不敵な笑みを浮かべ若葉を見ていた。

「あ、申し訳ありません！　昨日のご飯のことを思い出していて。えへへ、とっても美味しかったもので」

「へえ……恋人とでも過ごしたんですか？」

「へっ⁉　いやいや、まさかそんな～」

急にそんな話をふられた若葉は、戸惑いながらも笑って手を振った。

千歳と恋人……と考えてしまい、気恥ずかしくなって少しにやけてしまう。

しかし全くもって色気のいの字もない。ただ角煮まんじゅうやセルフ角煮丼をたくさん食べただけのことだ。

「……そう、なんですね」

そんな若葉の様子を舐《な》めるように見た女は、どこか生気のない目をしている。

「そうですよ～。今はご飯が恋人です。あ、ご記入は終わりましたか？」

「ええ。これでいいですか」

若葉が尋ねると、女性は手元の書類をサッと差し出した。

若葉はそれを丁寧に一読し、間違いがないことを確認する。

「はい。ありがとうございます。当日は、一度ここに鍵を受け取りに来ていただいてよろしいですか？　引っ越しの時間などあるかと思いますので、要望がありましたら教えていただけると嬉しいです」

「……そうね。できれば早く片を付けたいですね」

「わかりました。では午前の時間で調整させていただきますね！」

女性と日時について最終調整をして、今日のところはここまでだ。

女性が店を出て、その背中が見えなくなるまで頭を下げた後、若葉は店内へ戻った。

「あれ？　これ……忘れ物かなぁ」

無事に終わってホッと胸を撫で下ろしたところで、女性が座っていた椅子の上に赤いハンカチがポツンと残っていることに若葉は気が付いた。

彼女が退店する直前に忘れ物がないか確認したはずで、そのときにはなかった気がする。若葉は慌《あわ》てて書類に書いてある番号に電話をかけたが、女性は電話に出ない。

「今度鍵を渡すときにお返しすればいいかあ。今日は一旦家に持って帰って洗っておこうっと」

そのハンカチを若葉は仕方なく袋に入れて、鞄の中に仕舞い込んだ。そのついでに、モフモフのリューをひと撫でする。

「……よし、今日は千歳さんの美味しい煮卵だね。リューちゃん」

周囲を気にして小声でそう呟《つぶや》いた若葉は、そっと通常業務に戻る。

書類を整理して、他の契約に関する物件情報を取りまとめて、今日はあの料理屋で祝杯をあげよう。

そうしていつも以上に集中して業務に取り組んでいた若葉は、リューが鞄の中から抜け出したことにも、例の赤いハンカチがなくなっていることにも、全く気が付かなかった。

◆◆◆

するりと若葉の鞄から抜け出したリューは、パソコンに向かう彼女の後ろ姿をチラリと見た。

どうやら若葉はリューがこうして抜け出したことには気が付いていないらしい。

ごめん、ワカバ！

心の中でこっそりと謝ったリューは、慎重に慎重に、先程若葉が鞄に入れたあの赤いハンカチを口に咥《くわ》えてトコトコと店を出る。口元にあると、一層はっきりと分かる。

むせ返るような嫌なにおい。

アレは、なんだろう。

リューは先ほど店に来ていた人物のことを思い返す。

人間のような、同じあやかしのような、よく分からないにおいがした。

おかげで、いつもどおり若葉の鞄の中でムニャムニャと眠っていたリューは慌《あわ》てて飛び起きてしまった。

何事かとピョコンと鞄から顔を出したとき、あの女と目が合った。慌《あわ》てて隠れて、それからまたソロリソロリと顔を出すと、その女はまだリューの方を見ていた。

そして、弧を描くように口角を吊り上げ、若葉から何やら話しかけられて、視線を若葉に戻した。

あれは、ダメ。ワカバに近づけちゃ、ダメ。

妖力の弱い野狐《やこ》であるリューだが、あの女の危険性はひしひしと感じた。詳しくは分からないが、あの女は自らより確実に強い力を持つ者だと本能的に理解した。

だが、若葉にはそれを察知する能力はなく、リューには若葉を守れる力がない。

リューにあるのは、若葉を悲しませる人間に、ほんの少し悪戯《いたずら》を仕掛けるだけの弱い力だ。

例えばあの高田先輩という男は以前、若葉を泣かせた。若葉が泣いていたから、リューは仕返しをしようと考えて、力一杯呪ってやった。

一週間程度、小さな不運が積み重なるだけだったが、以前それをやったときにリューの体調はおかしくなった。

そしてあの料理屋で、チエミに叱られてしまった。

悪さばかりしていると、もう若葉とは会えなくなる。そう諭されて、仕方なく仕返しするのはやめたのだ。

そんなある日、若葉は何者かに目をつけられた。知らないうちに、悪い何かが若葉に憑いており、それに気付かせるために千歳の所に連れて行くのがリューにとっての精一杯だった。

あの日の若葉は、自然と料理屋を避《さ》けて帰ろうとしていた。痣《あざ》をつけられた若葉は、あの女に思考を乗っ取られていた可能性が高いだろう。

ただそれは、その悪いあやかしか何かが、あの聖なる場所で若葉が浄化されることを恐れているのと同義だ。

今日だって、若葉は千歳からもらった組紐のおかげで、あの女が敢《あ》えて残したであろう赤いハンカチによる思考の乗っ取りを免《まぬが》れた。それでも。

前と、同じ。ワカバから、遠く、離さないと……！

このハンカチは若葉から遠ざけなければならない。それが若葉を守ることに繋がる。

使命感に駆られたリューは、このハンカチと同じ、いや、それ以上にいやなにおいを辿《たど》って、路面を駆ける。

人通りのある歩道でも、あやかしであるリューが誰かにぶつかることはない。ただ真っ直ぐに、においを嗅ぎ分ける。

そうしていつの間にかリューは大通りを抜け、見知らぬ路地裏に来ていた。騒がしい大通りからひとつ横道に入るだけで、狭くて細い路地がいくつもある。まるで迷路のようだ。

さらにいくつか小道を抜けると、そのにおいが急に強くなった。

「うっ！　くさい」

ただでさえ嗅覚の鋭い狐であるリューは、魚が腐ったような強い臭いに鼻が曲がりそうになる。

「……あらぁ？　こっちだけ来ちゃったの」

唐突に、そんな声がした。

顔を上げると、あの赤い口紅の女がニタリと笑っている。

リューは赤いハンカチから口を離すと、人間の姿に変幻した。

「これ、返す。ワカバになんのようだ」

震えながらも、リューは真っ直ぐに女を見据える。相手の方が圧倒的に力が強い。

「ふふっ、変幻してもまだまだ小さいのねぇ。……ひと呑みできちゃいそう」

弧を描くように吊り上がる女の口から、人間のものとは思えない細長い舌がチロチロと覗いている。

「やっぱりおまえ、人間じゃないのか……！」

「フフッ」

リューがそう言った瞬間、その女は俊敏な動きで一気にリューとの間合いを詰めた。

そして、リューの耳元で呟《つぶや》く。

「オマエがいなくなったら、あの女は苦しむのかしらねェエェ？」

「わあっ！」

慌《あわ》てて飛《と》び退《すさ》ったリューの琥珀《こはく》の瞳には、獲物を見て舌舐《な》めずりをする、およそ人間とは思えない姿をした女が映った。

髪を振り乱し、長い舌をズルリと出して、両手の爪は鋭く尖《とが》っている。

ゴクリと唾を飲んだ刹那《せつな》。

「いただきまアす」

耳元で女の声が聞こえたかと思うと、リューの意識は闇に飲まれ、そこで途絶えたのだった。

◇◇◇

「あれ、小野さん。いつものあの狐のぬいぐるみは？」

「……え？」

お昼休みになり、なぜか定期的に一緒に昼食を取るようになっていた蒼太がそう尋ねたので、若葉は自分の鞄の中を見た。

足元の荷物かごに置いた鞄はトートバッグタイプのため、上はパカリと開《ひら》いている。

そこには確かに、いつも丸まっている子狐の姿がない。

あれ、と思う。リューがそこにいないことに、いつから気が付いていなかったのか、思い出せない。

完全にスッポリと、モフモフの同居人のことが頭から抜け落ちていた。

ひと月近くも共に過ごしていたのに、だ。いつもならば、こうしてご飯を食べていたら、リューのことを考えていた。これを一緒に食べたら喜ぶだろうとか、千歳の店に行かなきゃとか。

だが今、蒼太から指摘されるまで、若葉は全くそこに思いが至らなかったのだ。

「あ……えっと、忘れちゃったのかもです」

しどろもどろで答えつつ、頭の中で今朝のことを考える。

朝まではいただろうか。それとも、昨日の夜から姿は見えなかったか。

ただ今朝は爽やかな目覚めだったことは覚えている。

でもそれは、なぜだったのか。大切なところに靄《もや》がかかり、若葉の思考は暗い渦の中だ。

「――さん、小野さん！」

「は、はい」

「大丈夫？　何か心配事があるなら、俺が話を聞くよ。今朝ひとりのときに何かあった？　確か契約だったんだよね。また変な客だったとか」

蒼太に肩を掴まれ、思考の渦に深く深く潜っていた若葉はハッと顔を上げた。

心配そうに眉尻《まゆじり》を下げて、蒼太は若葉を覗き込む。その質問に首を横に振って、若葉はなんとか笑顔をつくった。

「いえ、契約は順調に終わりましたよ。全然変な方ではなかったですし、さくさく進みました。ただ……あれ？　ただ、最後に何か……あれ、どうして思い出せないんだろう」

またただ。また、何かを思い出せない。

「……疲れてるのかな。今日は俺が遅番だから、早退したらどうかな。高田先輩も午後からは戻るし、大丈夫だよ」

明らかに困惑している若葉に、蒼太は優しい言葉をかける。

その励ましにヘニャリと笑って、若葉は目の前の食事に集中することにした。仕事場の近くのインドカレーのお店は、とても人気がある。

ラッシー付きのランチセットを頼み、バターチキンカレーにほんのり甘いナンをつけて食べるのが若葉のお気に入りだった。

ナンを千切るために手を伸ばすと、「あ」という声がした。蒼太のものだ。

「それって、組紐だよね」

彼が指差すのは、若葉の右手首。手を伸ばしたことで袖口からあの組紐が覗いている。

「はい、そうです。大草さんもご存じなんですね」

「あ……うん。ちょっとね。小野さん、それってさ……っと。今は顔色が悪いからまた今度聞く」

「はい」

目の前の蒼太は、バツが悪そうに頭をガシガシと掻《か》く。よく分からないまま、若葉もこくりと頷いた。正直今は、リューのことで頭がいっぱいだ。

大好きなカレーのスパイスの味も、爽やかなラッシーの味もどこか遠い。得体の知れない喪失感と虚無感がずっと若葉を苛《さいな》んでいた。

それから職場に戻ると、顔色が悪い若葉を心配した蒼太に、半ば強引に早退を勧められた。いつもは厳しい高田先輩も、朝イチで契約を決めたことと、青白く幽霊のような顔色の若葉を心配して、すぐに賛同する。店長も即決だった。

そのためまだ夕方ではあるが、若葉は西日の差し込む自宅アパートに戻っていた。

「……リューちゃん?」

期待を込めながら玄関を開《あ》けてその名を呼ぶ。

だが、リューの姿はそこにはない。

出会ってから、こうして離れるのは初めてのことだ。元々、彼はただの可愛いペットではなく、あやかしだ。フラッといなくなることもあるのかもしれない。

夜になれば、きっと帰って来るだろう。

そう考えて、制服から着替えた若葉はリューの帰りを待つことにした。

コンビニに行って、リューの大好きな竜眼とおもちの巾着だって買ってきた。食いしん坊のあの子狐のことだから、きっとお腹が空《す》いたら帰ってくるはずだ。

だがその夜、リューは若葉のもとへ帰って来なかった。

第七章　消えた野狐《やこ》とシースケーキ

あの子がいない。

パチリと目が覚めた若葉は、慌てて辺りを見渡した。リューの帰りを待っている間に、どうやら寝落ちしてしまったようだ。こたつに上体を預けるという変な体勢で眠ってしまったせいで体のあちこちが痛い。

空はまだ暗いが、手元の時計を確認すると針は午前五時を指している。

この部屋のどこにも、あの愛らしい子狐の姿はない。

ひとり暮らしの少し手狭な部屋。

その真ん中にある小さなテーブルの上には、全く手をつけていないおでんが袋に入ったままのっている。

「……リューちゃん、どこに行っちゃったの」

若葉の呟《つぶや》きに応える者は誰もいない。あの可愛らしい「きゅーん」という鳴き声も、聞こえてくることはなかった。

その数時間後、おでんを朝食にしてのろのろと支度をした若葉は、暗い気持ちで職場にいた。

「……小野さん、大丈夫？　昨日よりひどくなってる気がするんだけど……？」

出勤すると、蒼太がそう気遣わしげに声をかけてきた。

確かに昨日は体調不良を理由に早退したのだった。

しかしながら、一層気分が落ち込んでいて、さらに睡眠不足でもあるから、今日の方がひどい顔をしているだろう。髪も変な方向についた寝癖を誤魔化すために、短いながらもひとつにまとめている。

「大丈夫です。ちょっと眠りが浅かっただけで、あはは」

デスクに荷物を置きながら、心配そうな顔をした蒼太から目を逸《そ》らす。

若葉の胸に去来するのは、後悔の言葉ばかりだ。

……私は、いつから気付かなかったんだろう。

リューちゃん、どこに行っちゃったの。私と一緒にいることはやめて、誰か他の人についていってしまったのかな。

だとしたら、お別れの言葉くらい言ってくれてもいいのに。

短い間だったが、私にとってはとても楽しかった。

そう考えていると、じわりと熱いものが込み上げそうになる。そのとき自動ドアが開《ひら》く音が聞こえた。

「……おはようございます！　どんな物件をお探しですか？」

入ってきた客に、誰よりも早く反応した若葉は、無理に笑顔を作って率先して仕事をこなした。何かを吹っ切るように、一日中忙しなく動き続けた。

「——それって組紐ですか？　そういう形もあるんだあ。可愛いですね！」

そして夕方になり、接客していた若い女性にそう言われて、若葉はふと自分の手首に視線を落とした。

赤い紐で組まれた、可愛らしい腕輪。

どうしたことだか、この存在すらもぽっかりと忘れていた。

「それ、どこで買ったんですか？　御厨神社《みくりやじんじゃ》のものが友人の間ですっごく流行ってて。私も欲しいなあ」

そういえば以前、真衣も同じようなことを言っていた。御厨神社という名前だったのか。

しかし若葉のこれは貰い物だ。彼がどこでこれを入手したのかは知る由《よし》もない。

「あ、えーと、これは知人にもらったので、よく分からないんです」

「えー、そうなんですね。いいなぁ、ちょっとあとで調べてみようっと。やっぱり一回行ってみなきゃ」

「見つかるといいですね」

「はい！　お姉さんみたいな素敵なものを探しますね」

嬉しそうな様子の女性に若葉は曖昧に微笑んで、それからまた手元の組紐をじっと見つめた。

知人。そうだ、大切な知人。

千歳やあの店のことを、どうして思い出さなかったのだろう。

「ありがとうございました」

接客を終えた若葉はすぐにでも店を飛び出したかったが、今は仕事中だ。時計をチラチラと確認しながら切れ間なく訪れる客に物件を紹介したり、客足が途絶えたら掃除や後片付けをしたり……と過ごしているうちに、外はすっかり暗くなった。

「小野さん。今日どこかでご飯食べて帰らない？　えっとその、元気がなさそうだし、ぱーっと」

仕事終わりに蒼太がそう声をかけてきたとき、すでに若葉はコートをしっかり着込んで、マフラーをぐるぐる巻きにしていた。

もう走り出す直前だ。

「お誘いありがとうございます。ただ今日は先約があるので、すみません、また今度!!」

「えっ」

それだけ告げると、若葉は店を飛び出して駆けていった。

蒼太はにべもなく断られ、虚しくも彼の手は空を切る。その肩に、高田先輩がポンッと手を置く。

「……飲みに行くか?」

「そうですね、はは……はい」

いつになく優しい高田先輩に驚きながらも、蒼太は苦笑して頷《うなず》いたのだった。

どうか、どうか、と願いながら、若葉は帰路を急いだ。

歩き慣れた道がもどかしく、長く遠く感じる。どうしてすぐに思いつかなかったのかと悔いながらも、足を進める。

「え……あれ? ここじゃなかったっけ」

アパートに続く最後の坂道。

そのふもとに辿《たど》り着いた若葉は、立ち尽くしてしまった。

確か坂の中腹に赤い提灯が灯っていたはずだ。……それを目印にして、いつもリューと一緒にその戸をくぐったのだ。

だが今若葉の瞳に映るのは、まばらな街灯に照らされる、急な坂道だけだ。赤い光など全くない。

「隣の坂道だったかな……？」

来た道を少しだけ戻って、別の坂を下から見上げる。似たような坂道が多い長崎ならではの地形だが、今はそれがもどかしい。

違う、違う、と首を振りながら、若葉はやっぱり最初の坂道に戻ってきた。

中腹に提灯はないけれど、この坂道だと本能が告げる。

ゆっくり、周りを確かめながら。提灯ではなく街灯の明かりを頼りに坂を登る。

……大丈夫、きっと会える。リューちゃんにも。千歳さんにも。チエミさんやミケさんにも。

若葉はバクバクとする心臓を押さえながら、自らにそう言い聞かせた。

坂道でひとりだと、どうしても不安が過る。この坂はこんなに静かだっただろうか。

前をしっかり見据えて、思い出した人たちの顔を浮かべて、若葉はゆっくりと坂をのぼった。

「やっぱり、どこにも提灯なんてない。でも……」

明かりも灯らず、ただ真っ暗な民家のような建物の前で若葉は立ち止まった。

キョロキョロと見渡してみても、提灯らしきものはどこにも吊るされていない。戸の前で耳を澄ましてみても、中から話し声は聞こえてこないし、若葉を出迎えてくれたいつもの温かさも感じられない。

しかし、お出汁《だし》のいい香りだけはする。

民家の前で、若葉は様子を探るように周囲を見渡した。何か手がかりがないか、必死に探す。

いつもと違うのはリューがいないからなのだろうか。このまま戸を開《あ》けたらどうなるのかと思案する。

「……千歳さん」

会いたい人の名前を呟《つぶや》いて、若葉は願掛けのように手首の組紐をぎゅっと握りしめた。

以前、千歳はこの店はあやかしのためのものだと言っていた。普通の人には見えないとも。

今、リューと共にいない若葉は、普通の人。

それはリューに出会う以前までの若葉と一緒なのだ。これまでここに店があることなど微塵も知らずに、毎日職場との往復を繰り返していた。

「リューちゃん……チエミさん、ミケさん……」

もう誰にも会えないかもしれない。

そう思うと、胸の奥がぎゅっと締め付けられて、涙がこぼれそうになった。

何もうまくいかず、疲れてぼろぼろだった若葉を癒してくれたあやかしたち。まだ出会ってふた月足らずだというのに、彼らの存在は若葉の中にすっかり浸透してしまっていた。

ここではないかもしれない。でも、ここかもしれない。

もし間違っていたら、ここはただの民家だ。見る限りインターホンもない。

「思い切って戸を叩いてみて、間違いだったら平謝りしよう。ここのような気がするし、うん、いけるいける！」

若葉は自分の直感を信じて、その可能性に賭けてみることにした。

パシンと両手で頬《ほほ》を叩き、気合を入れる。それから数秒だけ目を閉じて、会えます

ように と赤い組紐に祈る。

「……よし」

心を決めた若葉は、目を開《あ》けて一度大きく深呼吸をした。

夜の冷たい空気と一緒にゴクリと唾を飲み、緊張しながらも右手を振り上げる。

覚悟を決めたはずだったが、最後の最後で少しだけ怖くなってしまって、若葉は目を瞑《つむ》りながらそれを振り下ろした。

――ガラガラ。ポフリ。

「……え？」

若葉の手は、確かに何かに触れている。木製の戸を叩こうとしたので、だったらその感触は硬いはず。

だが今若葉が感じたのは、何か温かなものにぶつかった柔らかな感触だ。それに、戸を引くような音も聞こえた。

恐る恐る薄目を開《あ》ける。若葉の手の先にあったのは、戸ではなくて人の体だった。

「痛いんですけど」

上から降ってきたのは、聞き慣れたいつもの無愛想な声。

その声に驚いて顔を上げると、若葉の拳は千歳のみぞおちあたりにぶつかっている。

「えっ、えっ、千歳さん⁉」

ここは先ほどまで、知らない民家の顔をしていたはずだ。

しかし、千歳が戸を開《あ》けたことで、建物の窓に煌々《こうこう》と明かりが灯った。赤提灯も現れて、千歳の背中の向こうは、いつもの暖かくて優しい光に包まれた美味しい空間が見える。

まるでイルミネーションの点灯式を目の当たりにしたかのような一瞬の出来事に、若葉は息を呑んだ。

後光に包まれた千歳は神々しく、本当に若葉の救いの神に見える。

「う、わあ〜〜ん、ぢどぜざ〜〜ん」

「ちょっ、若葉さん……⁉」

若葉は気付けば、喜びのあまり泣きながら千歳に抱きついてしまっていた。

店内で料理を食べているときには気が付かなかったが、こうして改めて比較すると若葉と千歳には頭ひとつ分の身長差がある。

ボフリと飛び込んだ千歳の胸は温かく、確かに彼の存在を感じる。

良かった。また会えた。それがとても嬉しい。

「なんなんですか、急に……！」

焦《あせ》ったような、困ったような千歳の声が聞こえる。でも若葉は聞こえないふりをして、まるで何年も会えなかった人と再会できたかのような気持ちを味わっていた。

「あらぁ？　ワカバちゃんじゃな～い。……と、あらまあっ」

若葉の背後から、野太くも柔らかい男性の声がした。それも聞き覚えのある声だ。

「……ワカバたち、なんしよると？」

さらに歌うように涼やかな女性の声。

チエミとミケだ。千歳をぎゅうぎゅうと抱きしめていた若葉だったが、その声に反応してパッと顔を上げ振り向いた。

どでかいシルエットの大男と、はんなりとした着物美女。紛れもなくあのふたりだ。

「え～ちょっとちょっと～。おふたりさんったらいつの間にい？」

チエミは口に手を当てて、どこかニヨニヨと楽しそうにしている。確かに夜道で抱き合う男女の姿は、普通に見たらそういう印象を与えるだろう。

しかしながら、当の若葉はふたりに会えたことが嬉しくて、チエミが言っていることの意味までは頭に入らない。

「ヂ、ヂエミざぁーーん！　ミケしゃあんん！」

安堵《あんど》のあまり泣きながら出した声は、とても舌足らずだった。涙も溢れて、きっとグシャグシャの顔を晒していることだろう。

「な、なによ、どうしたのよ」

「……チエミの顔が怖かけん」

「んまっ失礼ね、ミケ！　アタシのどこが怖いのよっ。こんなにプリティーなのにっ」

「チエミのどこが、プリティかと……？」

「ミ～～ケ～～～？」

「……なんね、やると？」

若葉の泣き顔に、からかいに興じていたはずのチエミはたじろいでいる。その隣でミケは若葉を見て心配そうに首を傾《かし》げながら、チエミにつっこんだ。

「おふたりとも、落ち着いてください。チエミさんとミケさんが争ったらとても面倒なので」

今にも喧嘩を始めそうなふたりを、千歳が嗜《たしな》める。

そのいつものやりとりでさえも、先ほどまで心細さの中にいた若葉にとってはとても特別なものだった。心がぽかぽかと温かくなり、そこに響く千歳の声が耳に心地いい。

「若葉さん」

「……はい？」

千歳にくっつきながら、安心感からどこか夢心地でうっとりとしていた若葉は、千歳の呼びかけに少しだけ返答が遅れてしまった。

「……離してもらってもいいですか？　まだ火にかけているものがあるので、一度厨房に戻りたいんですが」

「はっ、はいいいい！」

千歳にそう言われて、落ち着いてきた若葉はようやく自分がどういう状況にあるのかを思い出した。感情がジェットコースター並みに揺れ動いていたとはいえ、歓喜のあまり千歳にがっつり抱きついてしまっている。

ギャッと喉の奥から潰れた蛙のような変な声を出しながら、若葉は慌《あわ》てて手を離して後ろに飛び退いた。

「ごごごごめんなさい」

顔が熱い。先ほどまで尋常じゃないほど千歳とくっついていた事実に足が震えてしまう。

急に抱きつくなんて、どうかしている。どんな冷たい顔をしているだろうと思うと、怖くて顔が上げられず、若葉はガバリと頭を下げて、そのまま地面を見つめた。

「……別に、大丈夫です。落ち着きましたか？」

「はい……。おかげさまで……」

若葉が消え入りそうなか細い声で答えると、同時に事件は起きた。

――キュルルル〜。

そう、このとても深刻な場面で、お腹が鳴ったのだ。しかもはっきりと。

それは誰の耳にも聞こえたことだろう。若葉は恥ずかしくてまた顔から火が出るような心地になる。

フッと漏れるような笑い声がして、若葉は恐る恐る顔を上げた。すると、いつもは能面のように無表情な千歳が、柔らかく微笑んでいる。

「本当に、若葉さんは……。話は後で聞くので、ひとまず店にどうぞ。ご飯にしましょう。俺、準備してきますから」

「は、い」

笑うと少しだけ幼くなるんだ。

そんな感想を抱《いだ》きながら、颯爽《さっそう》と立ち去った千歳の背中を、若葉はぼんやりと見送る。

「ほ〜ら、いつまでぼんやりしてるの？　入るわよ」

「……ワカバ、入らんと？」

立ちすくむ若葉に、チエミとミケが声をかける。

「はよ行こ。ウチもお腹すいた」

ミケはそっと若葉の肩に手をかけて、グイグイと押してくる。

「は、はい！」

店の敷地を跨ぐとき、若葉はとても緊張して思わず目を閉じてしまった。

恐る恐る目を開《ひら》くと、いつもの風景が飛び込んできた。カウンターとテーブル席があって、カウンターの中には無愛想な千歳がいて、美味しそうな香りがして……

少し前まで暗闇の中にいた若葉は、その明るさと温かさ、安心感でまたウルウルしてしまう。

「座ったらどうです？」

「はっ、はい……！　わあ、やっぱり千歳さんだ」

「なんですか、それ」

ぶっきらぼうに席に促されただけなのに、それがいつもの千歳らしすぎてついつい
ホニャリと笑ってしまう。

泣き笑いのような若葉の顔を見た千歳はまた怪訝《けげん》な顔をしたが、それすらもいつもどおりで嬉しかった。

「――リューがいないんですね」

ひとまず食事が終わると、食器を拭きながら千歳がそう切り出した。

その言葉に、若葉はコクリと頷《うなず》く。

いつもはこの店に来ると、リューは千歳の顔面にすっ飛んでいって、それからご機嫌で彼の肩をぐるぐると回る。その存在がないことには、流石《さすが》に気が付くだろう。

「いなくなっちゃったんです」

そう答える若葉の目からポロリとひと粒の涙が零れた。

「昨日の夕方に気が付いたらいなくて……っ、家にも職場にも、いなくて、ずっと捜してるんですけど……」

「昨日の夕方……」

「リュ、リューちゃんの好きなおでんを用意して一晩待ってたんです。でも、でも、帰って来なくて……リューちゃんがいないと、このお店の場所も分からなくて……こ、ここにも、入れなくて、わた、私、うわぁぁ〜ん」

千歳と話しているうちに、どんどん感情が高ぶってしまった若葉は、気付けば子供のように声をあげて泣いていた。しゃくりあげて、涙を袖で拭って、でも涙は止まらない。

「……ワカバ」

落ち着いた声でミケが差し出したのは、綺麗なハンカチだった。

「擦ったら腫《は》れるって、前も言ったやろ」

いつも多くは語らないミケだが、泣いている若葉を心配してまたハンカチを差し出してくれた。

若葉がそっと目に当てると、それは柔らかで優しい肌触りだった。それに、とってもいい香りがする。

「……昨日、変な気を感じたのよ。アタシは海にいたから、微《かす》かにだったけど」

「はい。空気がざわついたのを、俺も感じました。ちょうど家の手伝いをしてるところだったし、一瞬でしたが。強い妖気を感じました」

ミケが若葉の肩を優しく支えている横で、チエミと千歳が神妙な顔で話す。

やはり昨日、リューの身に何かがあったのだ。

「リューちゃんは……無事、なんでしょうか……？」

若葉が尋ねると、店内には静寂が訪れた。千歳たちの表情も暗い。

その様子から、これはただの迷子ではないのだと悟った。あの可愛いリューが、今どうしているのかを考えるだけで、涙がどんどん溢れてくる。

「……最近、ここら辺に変なヤツがおる」

若葉の背中をとんとんと叩きながら、ミケはポソリと呟《つぶや》いた。

「あやかしか人間かは、よう分からんとけど……混ざったニオイ。ワカバからも、少し同じニオイがする」

「ひえっ、私ですか⁉」

急に名指しされた若葉は、びっくりして顔をあげた。三人とも若葉を見ている。

「ミケは鼻がきくのよ。猫だから」

「えっえっ、ニオイ？　私においます？」

チエミの言葉に慌《あわ》てた若葉は、自分の両腕をクンクンと嗅いでみる。臭くはないと思う、多分。主観的にはそう思う。

「……違う。匂うのはここたい」

ふるふると首を振ったミケが指差したのは、若葉の右手首にある赤い組紐に隠れた、薄い桃色になったあの傷痕だ。

「これがずっと、ワカバを呼びよる。チトセの力で今は大分《だいぶ》薄れとるけん、最低限のところは防げとるみたいやけど」

「呼んで……？　薄れて？」

いつもは言葉少ななミケだが、今日は饒舌《じょうぜつ》だ。若葉は意味が分からずにオウム返しのようになってしまう。

「そうよお。ワカバちゃんの意識に干渉して、操作しようとしてるってワケ。妙に記憶がなかったり、曖昧だったりってことが最近なかったかしら」

思い当たる節があった若葉は、チエミの言葉に目を丸くした。

「あります……！　そういえば私、リューちゃんがいなくなってすぐに、この場所のことを思い出せなくて。存在がすっかり抜け落ちていたんです」

昨晩は気が動転していたとはいえ、リュー絡みのことだというのに若葉はすぐにこの料理屋のことを考えつかなかった。こんなに関連性が高いことをすぐに思い出せないなんて、明らかにおかしい。今ならそう思えるが、昨晩は何も思わなかったのだ。

「やっぱりねえ。食いしん坊なワカバちゃんが、約束を破るなんておかしいなあと思ったのよ。理由がわかって良かったわね、チ・ト・セ・ちゃん」

チエミはしみじみとそう呟《つぶや》くと、最後はなぜか千歳にバシリとウインクを飛ばす。それが不思議で若葉も千歳を見ると、一瞬だけ目が合って、それからふっと逸《そ》らされた。

「昨日の約束……あああ！　煮卵の！　ごめんなさい、私、すっかり忘れてました」

先ほど食べた食事を思い出す。小鉢に添えられていたのは、中の黄身がとろりととろける煮卵だった。もちろんおかわりも要求した若葉だったが、角煮を食べた夜に『明日もまた来る』と言ったことすら記憶から消えていた。

「今日たくさん食べてもらえたので、それでいいです」

「でも――」

「元はと言えば、俺の力が弱いのも原因です。若葉さんは悪くないです」

「いえ、そんなこ――」

「とにかく、煮卵の件はもう大丈夫ですから。たくさん作ったのでまだありますけど、どうします？」

「食べます」

頑なな態度を取る千歳になんとか食い下がろうとしたが、最後はあっさりと食欲に陥落した。

「すぐに用意します」

千歳はまた、先ほどのような柔らかい表情で口の端から笑みをこぼした。それから料理に集中して動き始める。

その様子を眺めていると、チエミが「ねえねえ」と声をかけてきた。

「ふぁい！　なんでしょう」

見惚《みと》れていたことに勘付かれないように……と平静を装ったつもりだったが、全くできてなかったようで。チエミはしたり顔でこちらを見ている。

きっと若葉の考えなど、数百年を生きるあやかしには全てお見通しなのだろう。

「リュー坊がいなかったから、この店の場所が分かんなかったって言ってたでしょ、さっき」

「はい。どこを見ても真っ暗で。この店の前に来ても、明かりはついていないし、声も聞こえなかったんです」

「でも、ここが分かったのはどうして？　しかもあーーんな熱い抱擁を交わしちゃったりして」

チエミにそう言われて、若葉は先ほどのことを思い出してまた顔が熱くなった。本当に、どうしてあんな行動に出てしまったのか自分でも分からない。

「や、やめてくださいよお。えっとその、この建物からいつもの美味しそうなお出汁《だし》の香りがして……ダメ元でいいから、戸を叩いてみようと思ったんです」

「お出汁《だし》の香り」

「私は戸を叩いたつもりだったんですけど、千歳さんがちょうど戸を開《あ》けたみたいで、殴ってしまったんです。でも会えたことが嬉しすぎてあんなことをしてしまいました。

ごめんなさい……！」

一息にそう言って、若葉は最後に謝罪した。

またからかわれるかと思ったが、チエミは神妙な顔をして何やら考え事をしている。

「チトセちゃんが戸を開《あ》けたのね」

「は、はい」

「ふうう～ん。そう、そうなのねえ。にしてもワカバちゃん、霊力も何もないのに嗅覚ひとつでここに辿《たど》り着くなんてスゴすぎるわあ～。流石《さすが》！」

何かを噛み締めるように納得しながら、チエミは最後に超特大の笑顔を若葉に向けた。褒められていないような気がするが、意味深な表情の方が気になる。

「チエミさん、何か知ってるんですか？」

「アタシの口からは言えないわあ。無粋だもの！　それより、次はリュー坊のことを考えましょ」

「あ、はい‼」

若葉が尋ねたが、チエミはにこやかな顔ではぐらかした。でも、それよりも何よりも今、最優先すべきはリューの話だ。若葉は前のめりになって話を聞く。

そうこうしている間に料理を終えた千歳も話に加わり、消えた野狐《やこ》について話し合うことになった。

それから二日後。今日は平日だが、若葉の仕事は休みの日。

なぜか若葉は、長崎市の繁華街である浜の町《はまのまち》アーケードの一角にあるカフェで、千歳と向かい合って座っていた。

なぜか、といっても、以前のように意識を乗っ取られてわけの分からないままここに来たわけではない。若葉はきちんと自らの意思で目的を持って集合した……のだが。

「ほら、食べたらどうですか」

「は、はい……」

合流したらさっさと出発するかと思ったのに、予想に反して千歳はこのカフェでの休憩を提案してきたのだ。そのことに若葉はただただ困惑している。

若葉の目の前に置かれているのは、シースケーキだ。

シースケーキは長崎市を中心に売られている長崎独自のケーキで、別名シースクリームとも呼ばれている。

通常、生クリームのショートケーキには苺がのせられているものが多いが、このケーキは缶詰の甘い桃とパイナップルだ。発売当時、高価な苺の代わりに安価で提供できるように、と開発されたのが始まりらしい。

「じゃあ、いただきます」

なぜこうして千歳と向かい合って、シースケーキを食べることになっているのか甚だ疑問ではあるが、若葉は目の前のケーキにそっとフォークを入れた。

カステラのようにしっとりとして、口溶けのいいスポンジケーキの間には、まったりとしたコクのあるカスタードクリームが挟まれている。フルーツの爽やかな甘さと軽やかな生クリーム、それから生地。全てが口の中で合わさって、とても美味しい。

ひと口、またひと口……と夢中になっているうちに、若葉のお皿はすっかり空《から》になってしまった。

ひと息つくために、紅茶に手を伸ばす。香り高い紅茶は、甘いケーキの味になった口をすっきりとさせてくれる。

満喫した若葉がふと顔を上げると、千歳が若葉のことをまじまじと見ていた。

……そうだ、そういえばひとりではなかった。

夢中でガツガツと食べてしまったことに、今更ながら思い至る。

若葉がチラリと見ると、千歳はブラックコーヒーを飲んでいる。その姿はあまりにも絵になる。

「千歳さんは食べないんですか?」

「俺は甘いものは、あんまり得意ではなくて」

「え、じゃあこのケーキって……」

「いつも店では絶対におかわりするので。あなたの……若葉さんの分です」

「へ……?」

びっくりした顔の若葉を見たあと、千歳はまたコーヒーを飲む。テーブルに並ぶふたつのケーキは、どちらも若葉のものだったらしい。

チョコレートケーキなんて食べるんだ、と思っていた若葉の考えは容易にひっくり返された。

それと同時に、ムズムズとくすぐったいような気持ちが湧いてくる。「千歳さんは私のことをよく見てくれている」と自己満足でもそう思えることに若葉は胸が震えた。

気持ちを噛み締めるようにしてふたつの目のケーキを半分ほど食べ、若葉は千歳がテーブルに置いていた白い箱を指さした。

「千歳さん、それは?」

ここでケーキを食べているのに、先ほど千歳は持ち帰り分もいくつか注文していた。チエミやミケのものなのだろうか。

「これは、リューの分」

「え……」

「……あいつも若葉さんと同じもの、食べたいだろうと思って」

「んぐ！」

素っ気なくも、温かな思いやりが感じられるその言葉に、若葉は口に含んでいたケーキを塊のまま飲み込んでしまった。慌《あわ》てて喉元をバンバンと叩き、紅茶をはしたなくも一気飲みする。

「大丈夫ですか」

「全然！　大丈夫です、はは！」

呆《あき》れた顔をされたような気もしたが、全く気にならない。

「そっちの、紙袋はなんですか？　それも、今日のために？」

今度は、千歳の横に置いてある紙袋を指さした。合流したときにはすでに千歳が手にしていたものだ。

そう、若葉と千歳はこれから、リューと若葉が初めて出会った場所に行く。あの、壊れかけた古びた祠《ほこら》を目指すのだ。

あの日の話し合いで千歳が提案したその案に、若葉は一も二もなく同意した。

「これは、おでんとか角煮とか、色々です」

「リューちゃんのために作ってくれたんですか？」

「あいつ、どれも美味しそうに食べてたから」

その紙袋の中身は、これまで若葉とリューがあの店で食べた料理のようだ。それをわざわざ、何種類も作って持ってきてくれたのだ。

やはり千歳は優しい人物なのだと、思わずにはいられない。知り合ったばかりの若葉とリューに、こうして時間も割いてくれるのだ。

まだ明らかではないが、千歳は一体、何のあやかしなのだろう。以前若葉が考察したとおり、ごはんの神様という線が一番濃厚な気がする。そんなあやかしがいるのかは分からないが、日本にいるとされる八百万《やおよろず》の神の中に、そういった存在があってもおかしくはないだろう。この優しさは、もはや神様レベルだ。

「千歳さんって、すっごくいい方ですね！」

若葉が唐突に言うと、千歳はコーヒーを飲む手をピタリと止めた。

「かっこいいし、優しいし、お料理もできるし、もうすごいです。チエミさんが褒めちぎるわけです。神です」

「……馬鹿なこと言ってないで、さっさと食べてください」

ニッコニッコと微笑む若葉から、どこか照れたように千歳は顔を背ける。

だが、その冷たい物言いも、温かな心がわかってしまえば全く怖くない。

……リューちゃん、待っててね。今度は私が見つけるから。

若葉は心の中でそっとリューに呼びかけた。千歳やチエミ、それにミケという心強い味方がいる。若葉に憑いたあやかしだが、リューはもう若葉の一部のような存在で、絶対に見つけないといけない気がした。何よりも若葉本人がリューとの再会を強く望んでいる。

ふたりはカフェを出たあと、バスに乗り込み、あの日若葉がリューと出会った場所へ向かった。

あのとき若葉は、新しく案内する物件の下見のためにその場所を訪れていた。そこを千歳と訪ねるとは、なんとも不思議な気分だ。

大きな車体で狭い道をぐんぐんと進むバスのドライバーの技術に感心しながら、目的地のバス停に降り立った。そこで若葉は一度、ぐーっと伸びをする。

「千歳さん、ここからもうちょっと歩きます。こっちの階段から」

「この辺り……」

周囲を見渡して、千歳は何やら険しい表情になった。

なぜかはわからないので、若葉にできるのは彼を案内することだけだ。目の前にある長い階段を指さすが、千歳はその場から動かない。

しばらく、まさに上の空といった様子だった千歳がようやく動き出したので、若葉は先導して歩くことにした。

「えーっと、この物件なんです。ここの下見に来たときに、祠《ほこら》を見つけて……どの辺だったかなぁ」

五分ほど歩いて、目的の建物に到着した。築三十年ほどの歴史のある白い外壁のアパート。

そしてこの敷地内に、小さな祠《ほこら》があったはずだ。

朧気《おぼろげ》な記憶を頼りにその建物の付近をうろうろしていると、枯れ草の隙間に例の祠《ほこら》を見つけた。石造りのそれは、見るからに経年劣化で欠けたり苔《こけ》むしたりしている。

今にも壊れそうな木の格子を開けると、小さな狐の——稲荷《いなり》の置き物が置いてあった。

若葉が以前置いたあのチョコレートは、すでにそこにはなかった。随分と日が経っているし、当然と言えば当然だ。

「千歳さん。ここです」

「……ああ。ここが」

若葉の後ろからついてきていた千歳は、その稲荷《いなり》を見つけると、その場にしゃがみ込んだ。目を閉じて手を合わせている。

その様子を見て、若葉も急いで真似をする。初めて訪れたあの日は急いでおりバタバタしていたが、手を合わせて立ち去ったことを思い出す。

「……確かに、ここにリューの気がある。あいつ、本当に神様に近い存在だったんだな」

立ち上がった千歳は、空を見上げてそう言った。

「神様の方だったんですね……」

彼に倣《なら》って顔を上げた若葉は、呆然と呟《つぶや》く。

小さなあやかし。野狐《やこ》という子狐。それがリューから受けた印象だ。神様の可能性もあると千歳に聞かされてはいたが、拙《つたな》く幼い雰囲気のリューとは結びつかない。

「リューも元はきっと、きちんと祀《まつ》られていたはずです。だけど、月日の流れと共に忘れ去られたんでしょう。それで神力がなくなり、退化してあやかしになることはよくあると聞いています」

古びた祠《ほこら》の様子や、すでにアパートとなってしまった周囲の状況を鑑《かんが》みると、ここに神様が祀《まつ》られていることを知る人は、もうほとんどいないのだろう。

いつになく饒舌《じょうぜつ》な千歳の瞳は、湖面のように揺らいでいた。普段とは違う雰囲気の千歳に神々しさすら感じて、若葉はじっと見入ってしまう。

刹那《せつな》。ビュウッと一陣の風が吹いた。

「きゃあ！」

風は周囲の枯れ草や木々をザザザと揺らし、若葉の髪も乱れる。その突風に思わず目を閉じる。

それから数秒後、風がピタリと止んだ。

「え……？」

若葉はそっと目を開け、驚《あ》きの声をあげた。

若葉の目の前に広がるのは、今までいたアパートの敷地内の雑草地帯ではなく、ただただ真っ白な謎の空間だったのだ。

第八章　お稲荷《いなり》さまと蒸し寿司

真っ白になってしまった世界で、若葉は慌《あわ》てて振り向いた。そこには千歳がいて、ひとりではないことに心から安堵《あんど》する。

「ち、千歳さん、これって……」

「呼ばれたか」

この場を包む空気は清涼で、森林の中にいるように澄みきっている。先ほどまで見えていたアパートや草木、あの祠《ほこら》もない。寒さも風の音さえもないこの場所で、聞こえるのは自分たちの声だけだ。

「呼ばれた……？」

若葉は急いで千歳のもとに駆け寄った。足元までも真っ白で、今、地面を踏んでいるのか浮いているのか、ちゃんと立てているのかさえ分からない。

「俺も初めてなんですが、聞いたことはあります」

千歳はまたスッと目を細めた。先程のように、どこか人とは思えないほど澄んだ瞳で周囲を見渡している。白が映り込んだ瞳は神秘的で、彼の美しさがますます際立つ。

とりあえず、千歳のそばに居れば大丈夫のような気がする。若葉は千歳から離れないようにするため、彼の上着の裾をキュッと掴んだ。

「……っ」

一瞬、千歳がピクリと反応した気がしたが、振り払われなかったということは、許容されたということだろう。

若葉なりに呼ばれたという意味を考えてみる。

眉唾もののテレビ番組で、たまに特集されている心霊現象や神隠しというもの。霊感が皆無でこれまで何も経験したことのない若葉にとって、今自らの身に起きていることは現実味がない。

もしかしたら今日起きたこと全てが夢なのかもしれない、と思い至った若葉は、もう一方の手で自分の頬《ほほ》をギュッとつねってみた。

「痛っ！」

「何してるんですか……」

「えっと、全部夢なのかなと思って、えへへ」

呆《あき》れた顔をする千歳はある意味普段通りで、若葉はこれが夢ではないことを確信した。これが夢だったら、もう少し若葉の願望に沿って千歳は甘く見つめてくれるだろう。

「人の子らよ」

突然、空から透き通る声が降ってきた。聞こえるというよりは、直接頭の中に響く不思議な感覚だ。驚いた若葉は猫のように飛び上がり、今度は千歳の左腕にピトリとくっ付いた。

だが、若葉には何の姿も見えない。

「ああ、お前は……そうか、ユエの血筋の者か」

「あなたは、一体……？」

激しい動悸に見舞われている若葉とは違って、千歳は空中のある一点を見つめていた。千歳には何かが見えていることだけは若葉にも分かる。

若葉もじっと目を凝らして同じ場所を見るが、そこにはやはり何もなく、空虚な白の空間が続くだけだ。

声だけはかろうじて聞こえるが、声の主の姿が見えない若葉は、口を噤《つぐ》むことにした。

「なぜ、俺たちをここに？」

「興味があったのじゃ。あのなりそこねが、守ろうとしたものに」

「なりそこね……リューのことですか」

「ふっ、今はリューと呼ばれているのだな。久方ぶりに名前をつけてもらったのか。……それは、良きことだ」

懐かしそうにそう告げる声の主は、リューのことを遥か昔から知っているようだった。

なりそこねというのは、千歳が言っていたように、神様になれなかったことや、神様だった者があやかしに転じてしまったことを指しているのだろうか。

もう少し言い方があるのではと、若葉は心の中で憤《いきどお》る。

あの可愛い子狐を思い浮かべると、なりそこねだなんてとても思えない。少なくとも若葉にとっては癒しで、大切な存在なのだ。

「あの……あなたはリューちゃんがどこにいるのか、知っているんですか？」

気付けば、若葉は震える声でそう問いかけていた。

知らない空間に見えない相手。怖くないと言ったら嘘になるが、リューの手がかりを見つけるために藁《わら》にも縋《すが》る思いだ。

訳知りらしい声の主ならば、リューの状況を何か知っているという確信が若葉にはあった。

「そうか、そちらの娘があやつの主《あるじ》か」

思案するような声と共に、ヒュウと風を感じ、若葉の前髪がふわりと揺れた。

その瞬間、若葉の視界は一度真っ暗になった。何が起きたかすぐには分からなかったが、隣にいたはずの千歳が庇うように若葉を抱き込んでいた。

真っ白だった視界を遮ったのは、千歳の体らしい。千歳は、緊張した面持ちで虚空を見つめたまま、何かから若葉を守るように立っている。

「……ふっ、ふふっ、そう警戒せずともよい。取って食ったりはせぬよ。そこの娘に少し触れるだけじゃ。わらわの姿が見えないと、話をするのに不便であろう」

「っ、申し訳ありません」

千歳が謝罪すると、楽しげな声が降ってくる。

「良い良い。ほれそこの阿呆面の娘。わらわに額《ひたい》を見せよ」

「は、はい」

声に促《うなが》されるまま、若葉は急いでグイと前髪をかき上げた。

その瞬間、トンと額を指で突《つつ》かれたような感覚があった。

「どうじゃ、見えるであろう」

若葉の前には、今まで全く見えなかったものが現れた。

流れる美しい銀の髪に、白の水干。年齢も性別もよく分からないが、美麗な人間が目の前に立っていた。まるで神様のようだ。

「えっ、えええええっ⁉」

「若葉さん、うるさいです」

「えっえっ、でも！　ええええっ？」

あまりの突然の出来事に狼狽《ろうばい》して、そんな言葉しか出てこない若葉を、千歳が窘《たしな》める。

きっと千歳には初めからこの人物が見えていたのだろうが、若葉にとっては一瞬のことだ。驚いて言葉にならないことくらい許して欲しい。

「なりそこねの主《あるじ》よ。あやつはここじゃ」

その神らしき人物が、おもむろに右手を差し出す。

その手のひらの上には、野球のボールのような大きさの水晶のような丸いものが浮かんでいて、目を凝らすと中で小さな子狐が眠っている。

「リューちゃん！」

「こやつが消滅しかけていたのでな、偶然見かけたから拾っておいたのじゃ。わらわに感謝するがいい」

「えっ……？　わっ」

その人は水晶をポンッと若葉に投げた。慌《あわ》ててそれを両手で受け取ると、リューを覆っていた水晶が消えて、モフモフの手触りが若葉の手に伝わってきた。大きさもいつもどおりに戻り、温かくふわふわで懐かしい感触がある。

「リューちゃんが、消滅しかけていたんですか……？」

若葉が問いかけると、その人は鷹揚に頷いた。

「あぁ。なりそこねの癖に、こやつは無理をしたのじゃ。邪悪なるものをあそこまで育ててしまうとは、人間の欲望は恐ろしきものよ。だが安心するがよい、そやつは今は眠っておるだけじゃ」

そう答えながら、この世のものとは思えない美しい人の姿は、空気に溶けるように薄れていく。

「あ、ありがとうございます、その、リューちゃんを助けてくださって！」

モフモフの子狐を抱きしめながら、若葉は神のような人物に大声でお礼を言った。分からないことだらけだが、この人がリューを助けてくれたのだ。

「……昔のよしみじゃ。わらわの気まぐれで手を差し伸べたに過ぎぬ。次はない」

その人は寂しげな表情を浮かべた。昔のよしみということは、リューとこの綺麗な人は知り合いだったということになる。

しかし、それを詳細に聞く状況ではないことは若葉にも分かる。

「ああそれと、ユエの血筋の者よ」

先程とは一転して美しい笑顔を浮かべたその人は、千歳の方へと向き直る。そして彼が持つ大きな紙袋を指差すと、ペロリと舌なめずりをした。

「その荷物は置いてゆけ」

その言葉を聞いた直後、パチンと何かが破裂するような音がし、真っ白な空間とその人の姿は忽然《こつぜん》と消えた。

目の前にあるのは、歴史のあるアパートと、雑然とした空《あ》き地と、それから古びた祠《ほこら》。

若葉たちは元の場所に戻ってきたのだ。

頬《ほほ》を刺すような冷気も風に揺れる枯れ葉も、いつも通りなのだが、急なことで目が慣れず、若葉はパチパチと何度も瞬きをした。

「戻って……きたんですね」

「はい」

「リューちゃん、私のところにちゃんといますよね？」

「はい」

夢現《ゆめうつつ》なまま、若葉と千歳は言葉少なに会話を交わす。神様同士の対面のようにも感じたが、明らかにあちらの方が偉い雰囲気だった。

若葉の腕の中にはしっかりと子狐が抱かれている。

それとは対照的に、千歳がリューのために持ってきた料理の詰め合わせが入った紙袋は消え、ご丁寧にシースケーキの紙箱までも消えていた。

「ご飯、なくなっちゃいましたね」

「はい」

「千歳さん、帰りましょうか」

若葉がそう言うと、千歳は頷《うなず》く。千歳は未だに上の空のようで、「はい」しか言わなかったのが、ついには言葉も発さなくなってしまった。

黙り込んでしまった千歳と共に、若葉は帰路を急ぐ。

腕の中のリューは、呼吸の度に体が膨らんだり萎《しぼ》んだりと忙しなく動いているものの、未だに眠り込んだままだ。

バスを降りて並んで歩いていたふたりだったが、分かれ道に差し掛かったところで若葉は足を止めた。

「じゃあ、千歳さん。今日はありがとうございました」

若葉の自宅と料理屋の方向とは、この交差点が分かれ道だ。

ここでペコリと頭を下げて、解散するつもりだったのだが。

「あ、ちょっと待って！　……ください」

パシッと手を掴まれ、付け足したような敬語で、千歳に引き止められた。

「すみません。ずっと考え事をしていたので言うのが遅くなってしまったんですけど、ウチに寄って行ってもらってもいいですか」

「へっ？」

千歳からの予想外の発言に、若葉の喉の奥から素っ頓狂な声が飛び出した。

若葉も一端《いっぱし》の成人女性であり、あらゆる媒体を経て知識だけは頭に詰め込まれている。ぼわんと湯気が出たように顔が熱く赤くなるのも、触れている手首にやけに感覚が集中してしまうのも、仕方のないことだった。

「料理を全て献上してしまったので、店に残っている分を持ち帰ってもらおうかと……若葉さん、どうかしました？」

「あっ、そういう！」

「はい？」

「イエ、ナンデモアリマセン！　アハハ……」

誤魔化すように笑って、若葉はずんずんと料理屋に向かって歩き始めた。

その少し後ろを、千歳は不思議そうな顔をしてついてくる。

まだ顔が熱い。ひどい誤解である。千歳はリューのことを考えてくれただけだと言うのに、その好意を変な方向に曲解してしまった。若葉は恥ずかしさで胸がいっぱいになる。

それに引き止められたとき、少し喜んでしまった自分にも驚く。千歳の存在が、若葉の中でどんどん大きくなっていることは間違いない。流石《さすが》の若葉も、それはしっかりと自覚している。

神様に恋をするなんて、最初から失恋決定だ。そう思うのに、自覚してしまった瞬間から、心臓がうるさくて仕方がない。

「適当に座って待っていてください」

料理屋に到着し、千歳はそう言って店の奥に消えていった。まだ明るい内にこの店に入るのは初めてで、いつもと雰囲気が違うように感じる。

いつものカウンター席に腰かけた若葉は、自らを落ち着かせようと深呼吸をした。

「……リューちゃん」

若葉は未だに目覚めない子狐を膝に置く。そっと体を撫でて、名を呼んだ。

こうしていると、いつものように満腹で寝ているだけのように見えるけれど、そうではないことは若葉にも分かっている。

リューが『消滅しかけていた』とあの人は言った。

若葉が気付かない内に、何かに巻き込まれたのだろうか。そして、リューがそんな状態だったから、若葉はあの夜、この料理屋を見つけることができなかったのだろう。

カタという音が聞こえて、物思いに耽《ふけ》っていた若葉は顔を上げる。紙袋を持った千歳が戻ってきたところだった。

「お待たせしました。では、行きましょう」

「えっ、どこにですか?」

紙袋を受け取って終わりだと思っていた若葉は、びっくりして尋ねた。

「どこって、若葉さんはまだ家に帰らないんですか」

千歳も若葉の返答に驚いたらしく、珍しく目を丸くしている。

もちろん真っ直ぐ帰るつもりだが、それがどうしたというのか。

「すみません、すぐに帰るのかと思って用意したんですが……どこかに行くなら荷物になるか」

困ったような表情の千歳を見て、予定などない若葉は、首をブンブンと振りながら慌《あわ》てて否定する。

「あっ、いやあの、真っ直ぐ帰ります。リューちゃんだっていますし！」

「だったら、早く行きましょう」

「？」

何度も言うからには、聞き間違いではないだろう。千歳はしっかりと紙袋を握りしめている。

「あの……もしかして、それを私の家まで運んでくれるということですか」

若葉は恐る恐る尋ねてみる。

「はい。俺が運ぶつもりで色々詰めたので結構重いし、若葉さんはリューを抱いているでしょ」

こともなげに千歳は答える。きっと周りの人には、若葉がリューを抱いていることなんて見えない。

だがその行動を、千歳は尊重してくれると言うのだ。若葉は胸の奥の根元のようなところを、ギュウウと両手で鷲掴《わしづか》みにされたような気持ちになる。

「行きましょう」と言う千歳に、若葉は黙って頷《うなず》いた。

それから、どう歩いたのか定かではないが――とは言っても、ずっと真っ直ぐに進めば到着する——若葉は千歳と共に、アパートの前に辿《たど》り着いた。

あまりに一瞬だ。もう少しゆっくり歩けばよかったと若葉は後悔した。

「じゃあ、ここで」

立ち止まった千歳は、紙袋を若葉に差し出す。若葉は両手で抱き上げていたリューを片手で抱いて、それを受け取った。

「ありがとうございます。えっと、じゃあ」

「それと若葉さん、これ持ってて。あとこれ……リューにつけて。首でも足でもどこでもいいから」

これで用事は済んだと思ったら、千歳はもう一方の手も若葉に差し出した。

朱色の生地に金色の刺繍《ししゅう》がしてある御守りと、若葉が右手につけているものと同じ赤い組紐だ。手が塞がっていることを考慮してか、千歳はそれを紙袋の中に入れた。

「リューが目を覚ましたら、店に連れて来てください。じゃ、また」

言うが早いか、千歳はくるりと身を翻す。

「あーっ、ちょっと待ってください！」

早足で立ち去ろうとする千歳を、若葉は大声で呼び止めた。生憎《あいにく》両手が塞がっており、使えるものが声しかない。

突然の大声に振り返った千歳を見て、若葉はさらに声を張り上げた。

「千歳さん、今日はありがとうございました！　色々とわけわかんないことがあって、夢だったのかとか思うけど……でも、リューちゃんがこうして帰ってこれたのは、千歳さんのおかげです。一緒に来てくれて、本当に感謝してます」

ひと息でそう言い切って、若葉はスゥゥと大きく息を吸った。

あの夜まではお互いに知らなかった赤の他人だったというのに、こうして親身になってくれた。

そして先程手渡された御守りや組紐は、きっととても意味のあるものだろう。

勝手に何かに巻き込まれている若葉たちのために、千歳が色々と考えてくれることがとてもありがたかった。

理由は分からないが、千歳の表情がずっと冴えないことに気が付いていた。

だからこそ、若葉は精一杯の感謝の気持ちを伝えたかったのだ。

若葉がじっと見つめると、千歳はわしゃわしゃと頭を掻《か》いて顔を背けた。少し長めの黒髪から、綺麗な横顔が見える。

「……若葉さん、声でかすぎ」

「元気だけが取り柄ですので！」

そう元気よく答えると、千歳がほんの少しだけ笑ってくれた気がして若葉は嬉しくなる。

千歳はゆっくりと若葉の近くに戻ってくると、申し訳なさそうに頭を垂れた。

「すみませんでした」

「え？」

「あなたが、若葉さんが狙われてることは分かってたのに、俺の力が足りなくて」

「いやいや、それって別に千歳さんのせいじゃないですし！ ていうか、やっぱり私何かに狙われてるんですね……はは」

空気を明るくしようと笑ってみたが、返事はない。余計に雰囲気が暗くなった気がして、若葉はたじろいでしまう。

「さっきの御守りと組紐は、俺のよりも断然力になると思います。本物だから」

「本物？」

「じゃあ、気をつけて」

「え、あの――」

「また店で」

アパートの方向に体の向きを変えられて、背中をトンと軽く押される。振り向いたときには、千歳はもう数メートル離れたところを歩いていた。

少しの間その後ろ姿を眺めたあと、家に戻ると、部屋に西日が射していることに気付く。カーテンを閉めようと紙袋を置いてベランダの方に向かう。

「わ……眩しい」

太陽の眩さに、若葉は右手をかざして陰を作った。坂の上にあるアパートには、日差しを遮るものがない。

そうしていると、千歳にもらった赤い組紐が目につく。

「あれ……消えてる？」

手を上げたことで、手首の組紐は少しだけ位置が下がった。

そのおかげで、手首がよく見える。うっすらと桃色に残っていたはずの手首の痣《あざ》は、なくなっていた。

リューが目覚めたのは、それから数時間後のことだった。

「きゅ……」

「リューちゃん！」

なんだか疲れてしまった若葉は、家に着いたあとリューと共にベッドでぐっすりと眠り、目が覚めたときには外は真っ暗だった。そのままベッドにもたれかかって、騒がしいテレビをぼんやり眺めていた。

そのとき若葉の視界の端で、寝ていた子狐が身じろぎをした。そして、声を出した。それが嬉しくて、若葉はついつい大きな声で呼びかけた。

まんまるの琥珀《こはく》の目がぱちぱちと何度も瞬きをする。前足で立ち上がった子狐は、周囲を警戒するように何度もキョロキョロと首を振った。

「リューちゃん、わかる？　私、若葉だよ」

モフリと頭に手をのせる。相変わらず、綿毛のようにふわふわだ。三角耳は未だにピンと張り詰めていて、尻尾も体の大きさほどにブワリと膨らんでいる。

まだ不安を感じているようだ。

「よ……っと。リューちゃん大丈夫だよ。よしよし、もうこわくないよ」

小さな体を抱き上げて、若葉はその背中を撫でる。警戒したように喉を鳴らしていた子狐は、そうしているうちにペタリと耳を下げた。

「そうだ。千歳さんに連絡しなきゃ……」

片手でリューを支えながら、若葉はもう一方の手でごそごそとスマートフォンを手に取る。アプリを開《ひら》けば、そこには千歳の名前が表示された。

『リューちゃんが目覚めました』

片手で器用にメッセージを送る。今回の待ち合わせのために交換した連絡先だ。

別れ際は変な感じになったが、千歳がリューを心配していることは間違いないだろう。だから早く伝えなければと思った。

ピロンと電子音が鳴る。思ったよりも早く気付いてくれたようだ。

『今から来られますか』

それだけの短文のメッセージが表示される。素っ気ないが、千歳らしくてついつい笑みが溢れてしまう。

目覚めたばかりだし、部屋着だし、すっぴんだし……となけなしの乙女心を総動員して返事に悩んでいたところで、ピロピロピロリンと立て続けに電子音が鳴った。

『今日はアタシの奢《おご》りよぉ〜』

『早くおいで』

『こないとチューするわよ。特大の』

『リュー坊も連れて来てね☆』

千歳のアカウントから怒涛《どとう》のメッセージが送られる。だが、この送り主が誰かなんて、すぐに分かってしまった。

クスクスと笑っている若葉が気になったのか、少し震えていたリューは、頭を上げて若葉を見つめている。

「リューちゃん。千歳さんのお店に行こうか？　チエミさんも千歳さんも、みんな待ってるんだって」

「きゅ！」

元気な返事が聞こえたところで、もう一度ピロンと音がする。ああ早く返事をしなくては、と若葉はスマートフォンに視線を落とした。

『ミケがもう迎えに行っちゃったわ』

画面にはそんなメッセージが表示されていた。

「え？　ミケさんが来るの？」

「きゅ～？」

「やばい、急がなきゃ！　リューちゃん体調は大丈夫？　せっかくタッパーに詰めてもらったけど、ごはんは千歳さんのとこで食べようね」

抱っこしていたリューを下ろし、若葉は準備をする。

とりあえず伊達眼鏡をかけてノーメイクをごまかし、上はもうパーカーのままでいいことにした。下のジャージは流石《さすが》にズボラすぎるかと思ったため、スウェット生地のロングスカートに履き替える。コートさえ羽織れば、なんとかなるだろう。

そうしてバタバタと準備を済ませ、若葉たちは急いで部屋を出た。

頼りないアパートの廊下の照明に照らされる範囲で周囲を見るが、まだミケらしい人物は到着しておらず、人影はない。

「きゅ、きゅーー！」

「わっ、どうしたの、リューちゃん」

若葉の肩に乗っていたリューが、急に飛び降りて暗い茂みの方へ走っていく。その背中を視線で追うと、茂みの中で爛々《らんらん》と光るふたつの目が見えた。

危ない、とリューに対して声を出そうとした。

だがそのふたつの目は、茂みから身軽に飛び出すと、駆けて来たリューをさらりとかわし、若葉の前に躍り出た。

若葉の足元に着地したのは、白と黒と茶色の三毛猫だ。長崎特有の尾曲がり猫らしく、尻尾が短い。だがよくよく見ると、その尻尾はふたつあるように見える。

「もしかして、ミケさん？」

若葉はその猫に話しかけた。

ミケの本来の姿を見たことはなかったが、当たっているような気がした。姿勢がよく、どことなく艶《あで》やかでもある美人な猫だ。

若葉の言葉を肯定するように、その三毛猫は「な〜ん」と甘えた声で鳴いた。

右肩にリュー、左肩にミケ。子狐と三毛猫が両肩に乗った状態で、若葉は坂を下る。

重いような重くないような、なんだか感覚まで曖昧だ。

「あ、ちゃんと、見える……」

視線の先には、赤く灯るいつもの提灯があった。リューがいないときには見えなくなっていたため、そのじんわりと灯る光が瞳に映っただけでうるっときてしまったのは誰にも内緒だ。

「こんばんはー」

若葉が勢いよく戸を開《あ》けると、千歳とチエミが同時にこちらを向いた。素早く若葉の前にきたチエミはすぐに、顔に喜色を浮かべる。

「リュー坊！　ああ、良かったわねぇ。……それにしてもワカバちゃん、ふふっ、なんだか、すごい状態ねぇ。ぶふふっ」

チエミは、両肩に愛らしい動物を乗せている若葉を見てツボに入ってしまったらしい。時折、ブホッと漢《おとこ》らしくむせながら笑っている。

「私も自分でそう思ってました。ふふふ」

その様子に若葉の口元も緩む。

やっぱりこの店は温かい。あの日、二度と入れないかもしれないと思ったときは、絶望すら感じたものだ。

カウンターに視線を移すと、千歳とパチリと目があった。

「千歳さん、こんばんは！　へへ、さっきぶりですけど」

「……こんばんは。まあ、席にどうぞ」

お昼まで一緒にいたのに、またこうして夜にも会うなんて不思議とむず痒《がゆ》い気持ちになる。少し照れながら若葉が告げると、彼はいつもどおりの仏頂面だ。

「そういえば今日はチエミさんのおごりってなってましたけど、どういうことですか？」

いつもの席に座りながら若葉は千歳にそう尋ねる。

リューとミケは若葉の肩から降りて、今度はチエミの大きな体を上り降りして遊んでいる。その度に「くすぐったいわ！」「こらっ、アンタたち、やめなさい！」と巨体をくねらせている。

「チエミさんが出前を頼んでるんです」

「出前……ですか」

「お祝いらしい。俺も食えって」

「へぇ〜、なんだろう」

ゼエハアと息が荒くなっているチエミさんで遊ぶのが楽しいのか、子狐と三毛猫はまだ人間型にはならないらしい。

戯れている様子を若葉がぼんやりと眺めていると、「捕まえたわあ」と二匹――ふたりの首根っこを掴むチエミの姿が目に飛び込んできた。スキンヘッドの大男が可愛い動物を鬼のような形相で掴んでいる姿は、控《ひか》えめに言っても恐ろしい。

遊んでいたリューとミケは反省しているのか、だらりと四肢を投げ出している。

「ふっ、ふふふ……あはははは!」

その様子がおかしくて、若葉は思わず声を上げて笑ってしまった。本当にのどかで、ゆっくりした時間だ。

そのとき、ピンポンという玄関チャイムのような音が聞こえて、千歳は店の奥へ消えていく。出前が届いたのだろう。

いつも出入りする戸が玄関なのかと思っていたが、実は別にあるらしい。ついつい家の構造が気になってしまうのは、職業柄当然だろう。

「アンタたちっ、もうっ、やめなさいよねっ」

「……はよ下ろして」

「きゅう……」

「全くもう」

　気が済んだのか、息を整えたチエミがふたりをそっと床に下ろす。

　ポワンという音と共に、ふたりはそれぞれ動物の姿からヒト型に戻った。ミケはいつもどおり、落ち着いた色味の着物を身にまとう艶《あで》やかな女性の姿になる。

　だが、リューの様子は以前と違っていた。

「リューちゃん、それ……？」

「あれ、ボクの服、変」

　前は少しくすんだ色味の甚兵衛のような着物姿だったはずだ。

　それがどうだろう。現在着ているのは、赤と白のコントラストが眩しい、ピカピカの新品の着物――子供用の水干のような服装になったリューは、首を傾《かし》げながら自分の服をペタペタと触る。

　まるでその服装は、あのとき見た神様の色違いのようだ。そんなことを考えながら呆然《ぼうぜん》とする若葉のそばで、チエミとミケも言葉を失っている。

「チエミさん、届きましたよ。……あれ、お前！　そうか、そうなるのか」

大きな発泡スチロールの箱を二箱抱《かか》えた千歳が店に戻ってくる。リューの水干姿を見た千歳は納得したように頷《うなず》いた。

「あ、チトセ〜〜〜!!」

「わ、ちょっと今は待て」

ブオンブオンと大きな尻尾を揺らして、リューは千歳に突進する。困惑する表情の千歳は、持っている箱を落とさないように急いでカウンターに置いた。

「とにかく今日はお祝いねっ! リュー坊、おめでとっっっ。うっうっ」

お酒を一滴も飲んでいないのに、チエミは例の如く泣き上戸《じょうご》のようになって、リューが帰ってきたことを喜んでいる。飲んでも飲まなくても、結局は涙もろい人なのだと若葉は再認識した。

「ボク、おめでたい?」

若葉の隣では、真新しい水干姿のリューがコテリと首を傾《かし》げる。可愛い。ピカピカの一年生のようだ。

誘われるように若葉がふわふわの髪の毛をひと撫でると、気持ちがいいのかリューは目を細める。

「さあさ、食べましょっ。リュー坊のおかえりなさい会のつもりだったけど、お祝いにもぴったりだわ。この蒸し寿司と茶碗蒸しは！」

ぐすりと涙を拭うチエミが言うように、若葉たちの目の前には、小さな丼ぶりがふたつ並んでいる。蒸し寿司と茶碗蒸し、あわせて夫婦蒸しとも呼ばれるそれは、長崎名物のひとつだ。

「いただきまーす！」

手を合わせたあと、まずは左側の丼ぶりの蓋をパカリと開《あ》ける。ふわりと優しい香りが漂う。そして目に飛び込んで来たのは、うす焼き卵の黄色、でんぶの桃色、刻んだ穴子の茶色で彩られた蒸し寿司だ。

若葉は卵と穴子の部分を器用に箸ですくって口に放り込む。

「ん〜〜、やっぱり、美味しい……！」

寿司という名称ではあるが、酢飯というよりは炊き込みご飯に近いかもしれない。お出汁《だし》と醤油の風味、それからごぼうの食感と香りが楽しい豊かな優しい味わいだ。

甘い桜でんぶの部分もパクリと食べて堪能した後、今度は右側の丼の蓋を開《あ》けた。丼ぶりサイズの茶碗蒸しは、なかなか稀《まれ》ではないだろうか。器いっぱいにプルプルと卵色が広がり、中央には桃色とうす黄緑色のかまぼこが鎮座している。

付属のレンゲでそれらを掬《すく》い、プルプルの卵と、黄金色に輝くだし汁ごとツルリと口に入れる。

「美味しい。これ、昔から好きと……」

そうポツリと零すのは、レンゲを持つ姿もやけに色っぽいミケだ。

古くから続く長崎の伝統の味。江戸時代からあるという夫婦蒸しは、ミケのお気に入りのようだ。

茶碗蒸しの中には穴子や海老、鶏肉、しいたけ、きくらげ、銀杏、その他にも様々なものが入っていて、宝探しのような気分になる。全ての味がお出汁《だし》に溶け込んでいて、たまらなく美味しい。

蒸し寿司をかき込んで、それを茶碗蒸しで落ち着かせる。そうして手と口を交互に動かしていると、あっと言う間に丼は空《から》っぽだ。

お腹もほっこりぽっこり温まり、最後にお茶を飲んで若葉は幸せのため息をついた。

「ふー、やっぱり美味しいですね。それに、とってもおめでたいです。チエミさんありがとうございます」

若葉の隣では、リューが拙《つたな》い手つきで茶碗蒸しをハフハフと食べている。いつの間にかリューはいつも千歳が身に纏《まと》っているエプロンをつけていて、真新しい水干を汚さないように、という彼の配慮が窺えた。

「いいのヨォ～。でもまさか、リュー坊がお稲荷《いなり》さんになるなんてねぇ。まあ、正確に言うと、昔はそうだったってことなんでしょうケド」

「……リュー、少し変わっとる」

「え、そうなんですか⁉」

頷《うなず》き合うチエミとミケに、若葉は驚きの声をあげる。

お稲荷《いなり》さんと言えば、神様ではなかったか。あやかしの野狐《やこ》だったはずのリューは、なぜだか神の類《たぐい》にランクアップしたらしい。

「ワカバ、これっ、美味しいね……！」

笑顔で尻尾をぶんぶんと振り回すリューの頬《ほほ》には、ご飯粒がくっついている。

「はあ。ほら、リュー」

「んむ……」

それを千歳がおしぼりで拭う。

こうして見ていると、まるで兄弟か親子のようだ。神様になったらしいとはいえ、リューはリューのままで愛らしく、この店は陽だまりのように温かい。

この雰囲気が、やっぱり好きだと若葉は改めて思う。

リューがご飯を食べ終えるのを待って、それからみんなでリューの観察をすることになった。

大人四人に囲まれたリューは、恥ずかしそうに照れ照れとしている。

「うーん、こんなに急に神格が上がるなんてこと、あるのかしらぁ」

チエミは自分の顎《あご》を触りながら、そう呟《つぶや》く。神格が上がるということが若葉にはいまいち分からなかったが、目の前のリューの姿が確かに変わったこと自体に間違いはない。

三角耳や尻尾は以前と変わらず愛らしいし、琥珀《こはく》の瞳はキラキラしている。

だが、なんというか、以前よりも輝きを放っているように見える。

「……ワカバ？」

吸い寄せられるように頭を撫でていた若葉を見上げながら、リューは不思議そうに首を傾《かし》げる。可愛いの暴力がすぎる。

若葉が身悶えていると、千歳の冷静な声が降ってきた。

「リュー。お前が一度いなくなった日のことは覚えているか？」

「うん。ボク、覚えてる！」

「……何があったか、話せるか？」

「うん、いいよ。えっとね……」

そこからリューが途切れ途切れに話した内容は、若葉にとって衝撃的な内容だった。

リューがいなくなったあの日。若葉はとある客の相手をしていた。

初めて来店したときより見た目が派手になり、唇と爪の赤がやけに目についたあの女性客だ。

しかしリューが話すまで、若葉はその女性が落としたハンカチのことなどすっかり忘れていた。落とし物として、鞄にしまったことも含めて。

「ボク、それをワカバから遠ざけようと思ったの。とってもいやなにおいだったから」

鞄からすり抜けたリューは、そのハンカチを持って、女性を追いかけた。

「あれは、とっても悪いあやかし。ワカバを狙ってた」

そして体を張ってそのあやかしと闘ったらしいのだが、体も小さく、妖力も弱い野《や》狐《こ》ができることなどたかが知れている。

最後の力を振り絞って刃向かったところまでは覚えていたが、そのあとのことはリュー自身もよく分からないらしい。

話が終わったあと、若葉は瞳を潤ませながらリューの体を抱きしめた。「苦しいよ〜」と笑うリューを、さらにぎゅうぎゅうと。

「ぐすっ。リュー坊、アナタ、頑張ったのねぇぇ〜！」

「……偉かね」

泣き上戸《じょうご》、いや、もはや涙脆いだけになってしまったチエミはグズグズと泣いていて、ミケも手を伸ばしてリューの頭を撫でる。

千歳は真剣な顔で話を聞いていたが、リューの話が終わるとしゃがんでリューと目線の高さを合わせた。必然的に、地べたに座り込んでリューを抱きしめている若葉とも目線が同じになる。

「お前が、若葉さんを守ったんだな」

「うん！」

リューにそう告げるとき、千歳は柔らかく微笑んだ。今まで見たことがない笑顔だった。

なんとなく若葉はくすぐったくなって、もう一度リューを強く抱きしめる。

「ボクね、ずっと夢を見てたの」

「そうなんだ」

「あれは、誰だったのかなあ、銀色の狐と、緑がいっぱいのところを走り回って遊んだんだよ。昔からの友達だって、言ってた。また会いたいな」

「「え……？」」

にこにこと話すリューの言葉を聞いて、若葉と千歳は顔を見合わせる。

若葉の脳裏に浮かんだのは、真っ白な空間で寂しそうに笑っていたあの銀髪の神様だった。

第九章　赤い女とカステラ

「いよいよ引渡しの日かぁ。よし！」

早朝の自宅。若葉は気合を入れて声を出す。

今日は、例のあの人物――赤いハンカチの主に物件の鍵を渡す手続きがある。とても重要な日だ。

チラリと見ると、子狐のリューは鞄の中ですやすやと眠っている。その小さな前足には、千歳からもらった赤い組紐をしっかりと結びつけてある。

もちろん若葉の手首にも、組紐をちゃんと付けた。そしてあの日貰った朱色の御守りもしっかり首からぶら下げて、その上からシャツを着た。

「今度は、あんなことにならないようにしないと！」

再び気合を入れ直して、制服の上着に袖を通す。その上からコートを羽織れば、出勤の準備は万端だ。

鏡の中の自分は、とても気合の入った顔をしている。頬《ほほ》を両の手でパシンと叩いて、一度にんまりと営業用のスマイルを作った若葉は、リューが入った鞄を手に家を出た。

「いらっしゃいま……せえっ⁉」

始業の時間になり、自動ドアが開《ひら》いた音で顔を上げた若葉は、朝の挨拶《あいさつ》をしながら語尾が跳ね上がってしまった。

目の前にいるカップル……のような客の姿に、呆気《あっけ》に取られたからだ。

いかつい作業服にゴム長靴という風貌のスキンヘッドの男はサングラスまでかけていて、その人の後ろに見える女性は、いつもより落ち着いた渋い色味の和服を着て、しゃなりと立っている。

……いやいやいやいや、どう見てもチエミさんとミケさんなんだけど？

若葉は内心、大きく動揺した。

サングラスをしているチエミらしき人物はともかく、ミケはいつものミケのままだ。

困惑する若葉を尻目に、いつもよりずっと男らしい口調で「物件が見たい」と告げて、その男はカウンター席にどかりと座った。

「どんな物件をお探しですか？」

今日の若葉の予定は、同僚の蒼太も当然知っている。そのため、カウンターの対応に出たのは蒼太だった。

いつもの五倍は風格が増したチエミらしき男——いや確実にチエミだ——にも臆することなく、普段通りの笑顔で腰かける。

蒼太を見たチエミから「あら……？」という、普段の口調の小声が聞こえた気がして、若葉は吹き出しそうになってしまった。きっと蒼太のことを一目で気に入ったのだろう。

ふと鞄の中を見ると、リューも何かに気が付いたのか、ピョコリと起き上がっている。

「お客さまは、お連れの方でしょうか？」

蒼太が示すのは、チエミの後ろにいる美女のことだ。正反対ともいえる風貌のふたりだから、もしかしたら入店のタイミングがたまたま重なっただけという可能性もある。そう考えて、念のために確認をとったのだろう。

「……」

「彼女は友人なんだ。彼女にもいくつか物件を見繕ってくれるかな」

「分かりました。では、それぞれ単身用の物件をということですね。どうぞおかけください」

蒼太の指示を受け、ミケは無言のましずしずとチエミの隣に腰かけた。

男口調のチエミに違和感を覚えざるを得ない。

そして、いつもどおり美の化身であるミケ。所作のひとつひとつが舞踊のように艶《あで》やかで美麗だ。珍しく蒼太も、彼女に見惚《みと》れてしまっているようだ。

ふたりは若葉のことを心配して来てくれたのだろうか。

勤務先を聞かれて、ペロっと話してしまったのはつい先日のこと。

そのときはこうして来るとは何も言っていなかったふたりだが、若葉のために足を運んでくれたのかもしれないと思うと、なんだか胸のあたりがぽかぽかと温かくなる。

そんなことを考えながら彼らを眺めていると、ミケと目が合った。ふんわりと微笑むミケに、同じ女性ながら若葉もドギマギしてしまう。

チエミもこちらを見た気がするが、サングラスなので表情がよく分からないのはご愛嬌だろう。

若葉はふたりにその場でペコリと会釈すると、自らのパソコンに向き直った。

例の客が来る約束の時間まで、残りあと十分ほど。

職場に到着してから幾度となく時計を見て、その度に緊張していたが、見知ったふたりの来店によりその緊張は幾分か……いや、かなり軽減された。

来店する女性に鍵を渡すだけだ。それでもう、おしまいのはず。そのあとはもう、その人と関わることはないだろう。

どんなに考えても、なぜ若葉が知人でもなんでもないあの女性から狙われているのか分からない。

ただひとつ確かなことは、もし若葉がリューや千歳たちと出会わなかったら、そのあやかしなるものに狙われていても、全く太刀打ちできなかったはずだということ。

そこに考えが至ったとき、背筋がゾクリとした。

若葉は無意識に胸元のお守りに触れた。こうしたら落ち着く気がする。若葉がそうしている間も、時間はどんどん流れていく。

店の時計の針が、九時五十五分を示したとき。

ウィーンという機械音と共に、店の入り口のドアが開《ひら》いた。

一瞬、時間が止まったかと思った。

あの人だ。その姿を目に映して、若葉は息を呑む。

女性は前回と同じ真っ赤な口紅に真っ赤な指先、そして長い茶髪がバサリと揺れる。色白を越えて青白く見える顔に笑顔を浮かべ、その人は入店してきた。以前よりも、やつれたような印象を受ける。

「いらっしゃいませ、お待ちしておりました。こちらへどうぞ〜」

若葉は恐怖心を隠すように、努めて元気な声を出した。練習した笑顔も、きちんと作れていると信じたい。

「ええ、ありがとう。……っ⁉」

ちょうど女性が、チエミとミケのそばを通りすぎたとき、生気の感じられないその笑みがグニャリと歪《ゆが》んだように見えた。

だがそれは一瞬で、女性はふたりから顔を背けるとまたあの能面のような不気味な笑顔に戻る。

前回にも増して派手な出立ちのその女性を席に案内すると、きつい香水の香りがした。嗅いでいるだけでくらくらするような、若葉は非常に苦手な香りだった。

「こちらが物件の鍵になります。これからすぐにでも、中に入れますよ。クリーニングも終わって、ばっちり綺麗な状態です！　併せていくつか書類をお渡しさせていただきますね」

思わず顔を顰めそうになりながらも、若葉は無理に営業用の笑顔をつくる。鍵とマンションでの注意事項などが書かれた数枚の書類を渡せば、もうおしまいだ。

「ねえ」

ねっとりと絡みつくような口調で、女性は若葉に話しかけた。差し出した書類など見向きもせずに、若葉だけをまっすぐに見つめている。

何か粗相があったかと不安になる。いや、たった数分の間に何かあるはずがない。

一瞬ひるみそうになった若葉だったが、笑顔を崩さないように顔に力を入れた。

「あなた今日、何かつけてルでしょう?」

「何かと言われると……特に何もつけていませんが」

少なくとも、この人のように香水などはつけていない。何か匂うのかと心配になった若葉は、とりあえず両手を出してクンクンとにおいを嗅いでみるが、何も匂わない。

「なんでしょう~柔軟剤の香りでしょうか」

ヘラリと笑って誤魔化してみたが、若葉を見る女性の眼はゾクリとするほど冷たいものだった。テーブルに置いた鍵をなかなか受け取らず、立ち上がる素振りもない。

あれだけ引っ越しを急いでいたのだから、鍵を受け取ったらやることがたくさんあるはずだ。家具や家電を運び込んだり必要な手続きをしたりと、何かとしなければならないことがあるだろう。

だが女性は、ただ若葉をじっと見ていた。

『あ、あれ……?』

気付けば若葉は、少し離れたところで商談をする蒼太たちの声が聞こえなくなっていた。視界には皆が映っているのに、彼らはただパクパクと魚のように口が動いているだけで、若葉自身も声を出すことができない。

これは良くないかもしれない。

そう思った若葉が立ち上がろうとしたが、椅子に縫い付けられたように体が動かなかった。

『「そんなチンケなもので、ワタシを欺けるとでモ。フフフ、舐《な》められたものねェエ」』

シューシューと空気の抜けるような低い声と、元々の女性の声が二重になって聞こえてくる。

『きゃ……！』

グイッと右手を引っ張られ、若葉が手首につけていた赤い組紐が露《あら》わになる。

『「ふふフ、こんなもの……！」』

すると女性はまたニタリと妖しく口角を吊り上げて、その紐に手をかけた。困惑する若葉の目の前で、およそ女性のものとは思えないほどの力で強引に左右に引っ張られる。しっかりと結われていた組紐は今にも千切れそうだ。

そうして何も抵抗ができない状況で、千歳からもらった大切な組紐が、今まさにブチブチと切れていく。

粘る最後の一本の糸が細く形を変え、ブチンという音とともに切れた瞬間。

『若葉！』

誰かが若葉の名前を呼ぶ声が聞こえた。

『「なっ……、オンナ、オマエェエエ！」』

女性は弾けるように若葉から手を離す。彼女の手のひらからは、シュウシュウと湯気のような煙のようなものが上がり、色が浅黒く変色している。

無惨にも赤い組紐は千切れてしまったが、若葉の手には傷ひとつない。自分自身の様子を見ると、何やら淡い光に包まれている。

『「ナンダ、ソレハ!!』

先ほどまで澄ました笑顔を浮かべていた赤い女性の顔は、今は醜《みにく》く歪《ゆが》んでいた。目は吊り上がり、鱗《うろこ》のような模様も浮かんでいる。

やはりこの女性は人間ではなかったのだ。

若葉はゴクリと唾を呑む。

金縛りに遭ったかのような状態の体も、組紐が千切れた瞬間から少しだけ自由がきくようになってきた。息もできるし、手も動く。

しかし恐怖は未だ目の前にある。

ふと胸元を見下ろすと、特に強く光っていることに気付く。

そこは、あのお守りがある場所だ。

若葉は震えながらお守りに触れた。温かく柔らかな光が、先ほどまでの淡い光と重なるように若葉を優しく包み込む。

光のヴェールの中にいると、体の震えが止まっていく。

『ワカバ！　大丈夫？』

いつの間にか、ブワリとヒト型に顕現したリューが若葉の隣に立っていた。

可愛らしい声で若葉の名を呼ぶ。どことなく、さっき聞こえた声とは違う気がする。

『「オンナ、何をシタ！　ナンダ、コレハ……!!』

浅黒くなっていた女性の指先は、ポロポロと剥がれるように落ちていく。最初は指先だけだったが、その黒いものは手のひら、手首、腕へと徐々に広がっているようだった。

それが苦しいのか、顔は恨みがましく若葉を睨《にら》みつけていたが、彼女は手を動かすことはできない。

『あらあら、随分なものが憑いちゃってたのねぇ。タチが悪いわ』

『……濡れ女やったと』

赤い女を挟んで後ろから、ゆっくりとチエミとミケがやってきた。どうやらこのあやかしの正体を掴んでいるらしく、上から下まで観察するように眺めている。

ふたりの声がちゃんと聞こえたので、若葉は深く安堵《あんど》した。ふとカウンター席を見ると、そこで接客していたはずの蒼太は、テーブルに突っ伏すように倒れていた。

『えっ、えっ、大草さん、どうしちゃったんですか？』

この目の前の恐ろしい妖怪のせいで、大変なことになったのかと思った若葉はふたりに焦《あせ》って尋ねる。

『ああ、ちょっとね。うふ☆』

『……危なかけん気絶させた』

『えええええっ』

チエミはテヘリと舌を出し、ミケは表情を変えないまま物騒なことを言う。

ミケが舞うように手を水平に動かすと、壁のブラインドが一斉に降りた。

『「グ……オマエラ、人間フゼイニ……カシズクノカァアアア！」』

女性が咆哮《ほうこう》し、空気がビリリと震えた。赤い女の怒《いか》りが、今度はチエミとミケに向かう。段々と元の女性の声が弱まり、低い声の方が大きくなっていく。

もはや人間の顔ではなく、爬虫類のような見た目に変わる。それと同時に、女性の体からズルリと何かが剥がれた。

『ユルサナイ、ユルサナイ……！』

黒く長い煙がもくもくと集まり、蛇のような形になってチエミとミケに向かっていく。

一方の若葉は、意識を失ったようにトサリと倒れ込んできた女性の体をしっかりと抱き留めた。

『この人も何かに取り憑かれてたって……こと？』

顔色はひどく悪いが、目を閉じた顔には鱗《うろこ》はなく、目鼻の配置も人のものだ。先程ぽろぽろと剥がれ落ちていたはずの指先も、肌色でしっかりとそこにある。禍々《まがまが》しいほど赤くとがっていた爪は淡い桃色に戻っていた。

『ワカバ、ちょっと離れてて』

『リューちゃん、何するの……!?』

『ボクに任せて。大丈夫だよ』

若葉が女性を床に寝そべらせると、リューが彼女の額に小さな手をかざす。

そして、重ねた手から神々しい光が溢れた。

女性の眉間《みけん》に寄っていた皺《しわ》が段々と消えていく。少しだけ顔色も良くなり、頬《ほほ》に朱が差して安らかな寝顔になったところで、リューは手を離した。

『もう大丈夫だよ』

リューが告げると、若葉はそっと女性に近寄ってみる。規則正しく胸が上下してい

て、その様子に若葉も安心して息を吐いた。

『リュ、リューちゃん。なんか……すごいね？』

『えへへ！　ボク、強くなりたかったの。友達が、教えてくれた。あと、チトセもね』

えへんと得意げに胸を張るリューは、とても立派だった。最初に出会った頃よりも

身長がひとつ大きくなったように感じる。その手首に巻かれた赤い組紐も、より鮮や

かに輝いている。

『グアああああ!!』

リューの成長をしみじみと感じていた若葉だったが、悲鳴が聞こえ、ハッとしてそ

ちらを向く。

……そうだ。この場にはまだあのあやかしが残っている。チエミとミケに何かがあっ

たのかもしれない。

焦《あせ》る気持ちで彼らを見ると、天井いっぱいに広がっていた黒い大蛇は、ハンドタオ

ルくらい小さくなり、ミケに鷲掴《わしづか》みにされてダラリと垂れ下がっていた。

『ハナセ、クソっ、コノ裏切り者！』

蛇のあやかしはシューシューと苦しそうに呻《うめ》き声を上げる。ミケはその様子を、美しくも冷たい顔で見下ろしていた。

『……ウチのシマで、勝手な真似せんで』

『ワタシはタダ、そこの人間の望みヲ叶えた、ダケだ……！』

『関係なか』

『ぐワアアアアア‼』

ミケが弱々しくなっていく黒蛇に容赦ない言葉を浴びせて、さらに強くその体を掴むと、断末魔に似た声をあげて、黒い煙が霧散《むさん》した。店を包み込んでいた恐ろしい空気が軽くなる。

「あーっ、ミケったら。やりすぎヨォ。もう少し話を聞きたかったのに」

「……ごめん、やかましかったけん」

「まあでも、これでひと安心かしら」

若葉はふたりのやりとりを呆然《ぼうぜん》と眺める。これで終わったのだろうか。

あのめちゃくちゃ恐ろしかったあやかしを、普段は虫も殺さないような風貌のミケが、まるで赤子の手を捻《ひね》るように消滅させた。

そしてそれを当たり前に受け止めているチエミ。いつもわいわいと一緒に食事を楽しむふたりが、とんでもないものに見えてきた。強すぎやしないだろうか。

チエミとミケは、まだ何やら会話を交わしている。

若葉のそばでは女性が眠っているし、大蛇のせいで壁の物件情報がところどころ破れたり剥がれたりして、店内は混沌としている。

まずは片付けからか、と思った若葉が腰を上げると、何か黒いものがザザと床を這《は》うのが見えた。

そのミミズのようなモノは、蒼太の方へ真っ直ぐに進んでいる。

「ミケさん、チエミさん！　さっきのあやかし、まだそこにいます‼」

若葉はとっさに叫んだ。

若葉は謎の白いヴェールに包まれ守られていて、女性のそばにはリューがいる。ミケとチエミの強さは折り紙付きだ。そんな中、蒼太だけが無防備な状態で机に突っ伏しているのだ。

『次はコの人間ニ……！』

消滅の危機にあるあやかしが、今にも蒼太に襲い掛かろうとしている。若葉の声を聞いたミケとチエミが動いたが、それよりも黒いモノの動きの方が速い。

このままでは間に合わない。蒼太が取り憑かれてしまう。

――パアン！

「え？」

捕らえようとするチエミから僅差で逃れた黒い影が蒼太に触れると、風船が割れるような音が店内に響いた。キラキラした雪のような粒子が舞う。

若葉は、何が起こったのか分からない。

「……リューちゃん、今の見えた？」

近くにいたリューに若葉が問いかけると、ビー玉のように透き通った金の瞳がこちらを向いた。

「うん。すごかったね」

「大草さん、大丈夫かな……？」

「大丈夫だよ。さっきのやつは……あ、ほら、チエミちゃんが捕まえてる」

チエミの方を見ると、その大きな手の上には水晶玉のようなものがプカプカと浮かんでいる。その中に黒い点らしきものがある。まさかとは思うがあれが先ほどのあやかしなのだろうか。

「なあ～んだ。こっちの子も、ユエの組紐つけてるんじゃな～い。おかげで助かったわ。ちゃあんと捕まえられたし、話もたあっぷり聞けるわネ」

「組紐ですか？」

若葉は恐る恐るチエミたちに近づいた。粒子の優しい光によって、店を包み込んでいた重苦しい空気は完全に消えて、いつもの朝の爽やかな空気が戻る。

「えーとね……ほらあった、ここよ。ここ」

チエミがごそごそと未だ眠り続けている蒼太のズボンの裾をまくる。彼の足首には青い組紐が巻かれており、神々しく白い光を帯びている。

まるで先ほどの若葉の御守りのようだ。

「流石《さすが》ね。チトセちゃんが手配したのかしら。ワカバちゃんが渡したの？　人間の中に入り込まれちゃうと取り出すのが大変だから助かっちゃったわ〜」

チエミがそう話すと、手中にある水晶玉の中のあやかしが抗議するように四方八方に暴れたが、その玉から出ることは叶わない。

その様子に安堵《あんど》しながら、若葉は首を傾《かし》げた。

「私は渡していませんよ。それに、大草さんは何も知らないと思います。組紐をしてるなんて知らなかったですし……というか、大草さんって、人間なんですか？　あやかしではなく……？」

今回の件に蒼太は無関係だ。たまたま居合わせただけで、彼が組紐をつけていることなど若葉は知らなかった。

そもそも、リューの姿を認識できる蒼太のことを、人間ではないのではと最近は疑ってかかっていたため、対策を講じるのを忘れていた。

若葉が尋ねると、チエミは大きく頷いた。

「この子はれっきとした人間よオ。そうねえ、人よりかな～り霊力が強いのかしらねえ。でもおそらく、好かれやすいだけで退治はできないから、きっと苦労したんじゃないかしら。こういうタイプの人間は」

蒼太を見下ろすチエミは、どこか優しい眼差しをしている。

「……ウチ、この子見たことあるかもしれん」

次に言葉を紡いだのはミケだった。

「少し前に、ユエの神社に祈祷《きとう》に来とった。なんか不思議なニオイの子やねと思っとったら、そういうことやったと。ユエの組紐で守られとる」

ミケは全てを理解したようにそう語る。若葉はふたりの言葉を頷きながら聞いていた。

若葉があやかしだと思っていた蒼太は、ただ単に霊力の強い人間だったらしい。となると、蒼太がたまにぼんやりと虚空を眺めたりしていたあの行動は、あそこに霊的な気配を感じてのことだろうか。

それに、またユエだ。このふたりの会話には以前からその人物の名が度々出てきていた。意外なことに、蒼太もユエという人物と関わりがあるらしい。

「ね、ね、ワカバ！　お仕事の時間は？」

若葉の袖を、リューがグイグイと引く。

時計を見ると、十時半を回ったところだった。あと数十分もすれば、遅番の高田先輩が出勤してくる。

「あっ、大変だ‼　色々何とかしないと」

ずっと続いた緊張状態から解放された若葉はすでに疲労困憊だったが、そんなこと言っていられない。

散乱した書類に、カウンターに突っ伏す蒼太、それから床に寝かせている女性。店内の惨状《さんじょう》をひとまず元の状態に戻さなければならない。

それからは、時間との闘いだった。

まずはチエミが女性を店の奥の休憩室へ運んでくれた。散らばっている書類は、「ボク、できるよ！」と笑顔のリューがブワリと風を起こして一箇所に集める。

その間、若葉は剥がれかけだったり一部が破れてしまったりした掲示物を地道に剥がし整理した。貼り直すのは後でやることにする。

ある程度片付いたところで、チエミとミケは店の入り口の前に並ぶ。

「じゃあ、とりあえずアタシたちは帰るわね」

「本当にありがとうございました」

「……ウチらあやかしの問題でもあるけん」

サングラスの大男と和服の美女。相変わらずチグハグではあるが、ふたりの組み合わせはとてもいいコンビに思える。

「今夜、またチトセちゃんの所で会いましょう。それまでに、こいつの尋問もしとくワ☆　何だか余罪がありそうなのよねえ〜」

舌なめずりをするように嬉々として話すチエミの手のひらの上で、水晶玉がキラリと光る。中にいる黒いミミズがブルブルと震えた気がするが、若葉は見なかったことにした。

「……あ、この子も起こさんばね」

言うが早いか、ミケは蒼太の無防備なうなじに素早く手刀のような一撃を入れた。

「ぐっ！」

眠っていた蒼太が、呻《うめ》き声をあげて小さく跳ねた。その光景を目の当たりにした若葉は、思わず自分のうなじをさする。とても痛そうだ。

「じゃあ、後でね」

「はい。ありがとうございました」

ひらりと手を掲げるふたりが店を出ると、下りていたブラインドが一斉に上がって、店内に明るい光が届く。

その陽光を浴びた若葉は、まるで長い長い夜が明けたかのような清々しい気持ちになった。

「おはよーさん。……って小野、なんか疲れてないか。鍵の受け渡しは無事に終わったんだろうな」

若葉が太陽光のありがたみに浸っていると、裏口から声がした。高田先輩だ。

本当にギリギリのところだった。目を覚ましたばかりの蒼太はカウンターの前でぼんやりしたまま周囲を見回している。

「あ、えーと、手続き自体は無事に終わったんですけど……あの、お客さんが体調を崩してしまいまして……今、奥で寝かせてます」

「は？　大丈夫なんだろうな、信用問題に関わるぞ」

「とっても睡眠不足だったと仰っていましたので！」

訝《いぶか》しがる様子の高田先輩に、若葉はしどろもどろになりながら無理のある説明をした。

だが今さっきまで起こっていた不可思議なことを、どう説明したらいいのか分からない。

『彼女は妖怪に取り憑かれていて、それを先刻退治したのですが、その影響で深く眠っています』なんてことを言って、誰が信じるというのだろう。

若葉だって、もし自分が高田先輩の立場になったら、確実に怪訝《けげん》に思うに違いない。

「大草。どういうことだ？」

当然、先ほどの説明で高田先輩が納得するはずがない。彼の視線は一緒に接客をしていた蒼太に注《そそ》がれた。

「え？　あー……俺は別のお客さまの接客に入っていたので、よく分からないんですよね……。そういえば、あの方たちいつの間に帰られたんだろう……。寝ぼけてるのかな、おかしいなあ」

「はあ？　ふたり揃って何言ってんだ」

未だにぽやぽやとした顔の蒼太は、高田先輩の問いかけに歯切れ悪く答える。ミケに強制的に気絶させられ、目覚めさせられた蒼太のことを思うと、若葉が何だか申し訳ない気持ちになった。

「和服美人の……あれ……？」

前後の記憶も曖昧になったらしく、蒼太は起きてからずっとうわ言《ごと》を繰り返している。彼が完全に目を覚ます前に、チエミもミケも颯爽《さっそう》と立ち去ってしまったのだから仕方がない。困惑する蒼太の前に残されたのは、物件の検索画面だけだ。

それから何とか高田先輩の詰問を乗り越え、（実際は、来客があったので話が途切れた）若葉たちは通常業務に戻った。

「ワカバ、あの人起きたよ」

パソコンに向かう若葉の頭に、リューの声が流れ込んできたのは、高田先輩の出勤から一時間ほどが経過した頃だった。

慌《あわ》ててバッグの中を見ると、子狐のぬいぐるみが尻尾を揺らしている。やはり先ほどの声の主はリューだったらしい。

若葉は女性が眠っている部屋へ急いで向かった。

室内に入ると、半身を起こした女性がパチパチと瞬きを繰り返していた。リューが言ったとおりで、目を覚ましている。憑き物が落ちたように、すっきりした顔をしていた。

「ご気分はどうですか？」

「はいっ⁉」

若葉が声をかけると、驚きのあまり彼女の肩が大きく跳ねた。それからゆっくりと若葉を見る。そして、目を見開いて驚愕の表情を浮かべた。

「ごごごご、ごめんなさい……わわ、わたし、あなたにひどいことを……！」

素早く手をついた女性は、狼狽えながらも若葉に向かって頭を下げた。女性は、あやかしに取り憑かれていたときの記憶がちゃんとあるようだ。

「今までのことを、覚えていらっしゃるんですか？」

確認するように若葉が尋ねると、女性は沈痛な面持ちで頷《うなず》く。それは、面識のない女性から向けられていた悪意がやはり事実だったということだ。

そのことに胸にズシリと重い一撃を受けたような気持ちになった。唇を噛み締めた若葉は、意を決して女性に問いかける。

「教えていただいてもいいでしょうか。この事件のことを」

「はい……全てお話しします」

再び女性が頭を垂れる。それから、ポツリポツリとこれまでのことを語り始めた。

女性は、若葉の同期である大草蒼太に懸想《けそう》をしていたらしい。

蒼太とは高校の同級生らしいが、クラスは離れていて接点はなく、蒼太の方は彼女のことを知らなかった。

現在の爽やかキラキラっぷりから鑑《かんが》みるに、きっと蒼太は高校でも人気があったはずだ。容易に想像がつく。

対するこの女性は、いわゆる地味で真面目なグループに属していたらしく、華々しいその集団には近づけなかったとか。

「さ、最近……偶然なんですけど、大草くんがこの店で働いていることを知って……その、ちょっと近づきたくなって……」

ちょうどこの辺りに引っ越す予定があった女性は、働く蒼太を眺めるためにこの店の近くのマンションを探した。

物件の条件としてこの近辺にこだわったのは、そのためだったらしい。その時点で多少思考が危うい気もしたが、それはまだ、この人の意思だ。

そしてある日、女性を驚かせる事態が起きる。蒼太がある女性とふたりで楽しそうに並んで歩いて、頻繁に食事をしているところを目撃したのだ。

「あなたと、とても楽しそうに歩いているのを見ました。仲良くご飯を食べたりして……」

女性から、じっとりとした視線を向けられた若葉は戸惑った。蒼太と一緒に昼食をとっていたところを見ていたのだろう。

若葉にとっては単なる昼食であり、仕事の延長線上のなんてことはない日常会話だったのだが、女性の受け取り方は違った。

「わ、わたしみたいな地味な女じゃ、このままじゃ大草くんに相手にされないと、お、思ってたら……急に」

海辺を歩いていた女性は、知らない声に話しかけられた。

『変わりたいか』『ワタシが力を貸そうか？』と。

その声に驚いたが、女性は藁《わら》にもすがる思いで頷《うなず》いた。すると、暗い海の底から何かが勢いよく飛び出してきて、そしてそのまま……

要するに、あのあやかしはこの女性の嫉妬心や心の隙間につけ込んで、取り憑いたということらしい。

『濡れ女』もしくは『濡れ女子』という例のあやかしについて、若葉はササッと検索してみた。

諸説あるらしいが、海辺や水辺に現れる全身ずぶ濡れの女。もしくは下半身が蛇の姿のあやかし。人間を見ると笑いかけてきて、その人が笑い返すと一生付きまとうだとか、丸呑みにするとかなり恐ろしいことが書かれていた。

言動からして、人間というものが元々嫌いなあやかしのようだ。きっとこれまでも、そうしたことを繰り返していたのかもしれない。

会う度に派手になっていく外見は、彼女が深層心理で望んでいたことだったのかもしれない。若葉を傷つけたい気持ちを膨れあがらせたのは濡れ女だったかもしれないが、彼女自身にその気持ちが全くなかったとは言い切れない。

「ほ、本当にごめんなさい……！」

彼女の懺悔《ざんげ》を聞いても、若葉は簡単に「いいですよ」とは返せなかった。

悪意を向けられることは、気持ちの良いものではない。許す許さないの前に、悲しいのだ。

たとえ言葉で「許す」といっても、若葉の心は彼女たちを完全に許さないだろう。

リューだって、酷い目にあったのだから、そう易々と許すことはできない。

そう思った若葉は、いつもの営業スマイルを貼り付けた。

「お話は分かりました。私と大草は仕事の同僚ですが、それだけです。私があなたに求めることは、ひとつだけ」

「今回の賃貸契約につきまして、是非そのまま履行していただけるとありがたいです」

「は、はい」

とりあえず、この件の謝罪を受け入れるかどうかは別として、その女性にはキッチリ契約を履行してもらうことにした。

こんなに大変な目に遭わされたのに、契約まで破談になるなんてことは絶対に避《さ》けたい。

「それは、はい、もちろんです……！」

有無を言わせぬ若葉の笑顔に、女性は鍵をしっかり受け取って帰っていく。

その後ろ姿を見ながら、若葉は自分も案外商魂逞《たくま》しいな、と思わず吹き出してしまった。

「この度はお騒がせしました！」

夜。いつもどおりに仕事をこなした若葉は、提灯の灯る料理屋の戸をくぐるなり頭を下げた。

手に持っている黄色と茶色の紙袋を、上納するように両手で差し出す。昼休みに老舗《しにせ》の販売店まで買いに走ったカステラだ。

「あの後、ちゃんと時間きっかり働いたのぉ？　人間って本当にマジメねぇ〜。たまにはサボっちゃえばいいのにぃ」

「……ワカバ、えらかね」

「とりあえず座ってください」

顔を上げずとも、誰が何を言ったのか分かる。料理屋にはいつものメンバーが勢揃いだ。顔を上げたら、やっぱり思ったとおりの三人が各々の表情で優しく若葉を見ていて、またそれが安心する。

「はい！　えへへ、千歳さん今日のごはんは何ですか？　お昼ご飯あんまり食べてなくて、お腹ペッコペコです。……そのあと、みんなでカステラを食べましょうね」

若葉はウキウキしながら、いつもの席に腰かける。若葉とそっくりの表情をしているリューも隣に座る。

するとすぐにふたりの前には湯気が立ち上る美味しそうな料理が並び、ふたりでキラキラと瞳を輝かせながらその味に舌鼓《したつづみ》を打った。

ご飯を食べ終えると、次はお待ちかねのカステラタイムだ。

「チトセといっしょにたべる！」とリューが可愛らしくおねだりをしたため、いつもはカウンターで作業をしている千歳が若葉とは反対側のリューの隣に腰掛けている。

ふわふわでしっとりとしたカステラを、フォークで丁寧にひと口サイズに切って口に運ぶ。

生地からはしっかりと卵の優しい味がした後、底に敷かれたザラメがシャリシャリと音を立て、口内に痺れるような甘さが広がる。上品な至高の逸品だ。

ふた切れのうちのひとつを勢いよく食べ終えた後、若葉はフォークを置いた。

「あの、千歳さん」

「はい」

まんまるの頬《ほほ》を動かすリューの向こう側にいる千歳の名を呼ぶ。同じくカステラを食べていた千歳は、不思議そうに若葉を見た。

「あの、ちょっとお願いがあるんですけど……私の名前を呼んでみてくれませんか」

「……は？　なんでですか」

千歳の眉間《みけん》には皺《しわ》が見たことがないほどに深く、くっきりと寄っている。

「ちょっとだけでいいので、ちょっとだけ！　ね？」

その嫌そうな顔にもめげずに、どこかで聞いたことのある『信じてはいけない台詞《せりふ》ベストファイブ』ランキングに入りそうな言い回しで、若葉は千歳に必死にねだった。

「お願いします！」

そう、若葉には確かめたいことがあったからだ。

目の前で両手を合わせ、お願いのポーズをする。

「……わかば……さん」

笑顔のまま引く気がない若葉を見て諦めたのか、千歳はため息をついた後、小さな声で若葉の名を呼んだ。

「これでいいですか？　じゃ、俺は明日の料理の仕込みがあるので」

「ありがとうございます！　ふへへ」

にこにこと無邪気に笑う若葉から、素っ気なく顔を背けた千歳は、ガタリと椅子を引いて席を立つ。そうしてそのまま、さっさとカウンターの向こう側へ去って行った。

「……千歳さんの声が聞こえて安心しました」

その後ろ姿を見て、若葉はポツリとそう呟《つぶや》く。

あのとき——赤い女に組紐を引きちぎられそうになって、恐怖の中にいたときに若葉の名前を呼んだ声は、リューのものでも、チエミやミケのものでもなかった。

若葉はそれが、千歳の声だったように思えた。なぜあのとき、あの場にいなかったはずの千歳の声がしたのかはわからないが、それを確かめたかったのだ。

「ワカバ、ワカバ！　これ、甘くてとっても美味しいね。美味しいものがいっぱいで、ボク、うれしい」

まんまるの瞳をキラキラと輝かせながら、リューはまた、カステラを口に運ぶ。

その笑顔を見て癒されつつ、若葉も皿の上にあるもうひと切れのカステラに、フォークを差し入れた。

……ありがとうございます。千歳さん。

じんわりと優しい甘さを噛み締めながら、若葉は心の中で千歳にまたお礼を言った。

「ねえ、そういえば最近、巷《ちまた》では通り魔とか何かと物騒だったじゃない〜」

カステラを食べ終えたチエミが、緑茶を啜《すす》りながらそう切り出す。それに若葉は頷《うなず》いた。ニュースでも流れていたし、友人の真衣もそんなことを言っていた。

だが、なぜ今その話なのだろう。若葉が首を傾《かし》げると、チエミは空に円を描くように右手を動かした。すると、あの水晶玉が姿を現す。

「あれもね、ぜーーんぶコイツの仕業だったのよオ」

チエミは水晶玉をツンツンとつつく。すると中の黒い線がしなしなと揺れる。

「え……全部ですか？」

「そうよお。ワカバちゃんは、あの女から事情を聞いたんでしょ。何て言ってた？」

「あ、えっと、あの女性の好きな人と仲良くしている私が憎くて、あやかしの手を借りたと言っていました」

「他のも同じで、コイツが妬みを持つ人間に取り憑き、その感情を増幅させて事件を引き起こしてたのよお。妬んでる相手を殴ったり刺したり。人間の憎悪を眺めて満足したら取り憑く相手を代えるから、通り魔として捕まった人間たちは、実際の行動はうっすら覚えてはいるみたいだけど、どうしてそこまでのことをしたのかは、ほとんど覚えてないのよ」

「ええ……」

そんなものに狙われていたのか、と今更ながら怖くなった若葉は、自らの身を抱くようにしてぶるりと震えた。一連の被害者たちと同じ目に遭っていた未来もあったかと思うと身の毛がよだつ。

「ま、ひとまずこの件は一件落着ってコトね！　濡れ女は同じ海のあやかしとしてアタシがきっちりと指導しておくから」

チエミがピシリと水晶玉を指先で弾く。この状態では逃げることも、ましてや事件を起こすことなど無理だろう。そのことに若葉は胸を撫で下ろす。

そして、安心したらまたお腹が空《す》いてきた。

「あ、あの、千歳さん、何か食べるものってあります？　おにぎりとかでもいいんですけど」

「……若葉さん、胃袋どうなってるんですか」

食事を終え、カステラも食べたはずのお客さんから紡がれる予想外の言葉に、厨房の千歳も流石《さすが》に呆《あき》れ果てていた。

◇◇◇

それからしばらく、若葉の蒼太に対する態度はなかなかに素っ気なかった。

彼が何も知らないとしても、若葉としては巻き込まれた気持ちだ。

「お、小野さん。何か怒《おこ》ってる……？」

「え？　そんなことないですよ。別に」

「でも何かこう、ちょっとよそよそしいというかなんというか」

「そうですか？　いつもどおりですよ〜」

素っ気なくしていることは伝わっているだろうが、「この爽やか王子め、巻き込みやがって」と若葉が心の中で悪態をつきまくっていることは流石《さすが》に伝わっていないだろう。

しばらく蒼太の若葉へのお昼の誘いは全て断られることになる。仕事面で彼に闘争心を燃やして妬みの境地に入りそうになっていた高田先輩は、不慣な蒼太を見て少し溜飲を下げ、若葉への態度を改めるようになった……という思わぬ副産物も生まれた。

第十章　おばあさんとミルクセーキ

あの事件のせいで、とてつもなくドタバタした波乱の年末を終え、年が明けた。お正月、節分と駆け抜けるように時間が過ぎていく。

二月は暦の上では立春だが、吹く風は肌を刺すように冷たく、雪がちらつく日もある。もっとも忙しくなる三月の到来を前に、若葉は誰よりも早く春を感じていた。

「ふわっくしょんっ！」

若葉は大きなくしゃみをした。それでも鼻のムズムズは治らず、目も取り出して丸洗いしたいほどに痒《かゆ》い。いよいよ花粉が飛び始めたことを体感する。

若葉にとって春の訪れは恐怖の始まりでしかない。繁忙期であることもさることながら、あの忌々《いまいま》しい粉末——まあ、いわゆる花粉が飛び始めると、ゴーグルのような眼鏡とマスク、やわらかティッシュが欠かせなくなる。

ゴーグル眼鏡とマスク、帽子にスプリングコートという格好で千歳の料理屋に行ったところ、あやかしから哀れみの視線を向けられた。

「あらあら、人間って大変ねぇ〜」

あやかしは、花粉症とは無縁らしい。頬杖《ほおづえ》をつきながら目を細めるチエミが羨ましい。

あの赤い女事件のときは作業着という服装だったが、この店で会うときの彼女は常にタンクトップで、季節感などは再び皆無である。

「うっうっ、花粉症じゃないです。これはハウスダストです……」

「……なんなんですか、その強がり」

若葉がグスグスと鼻を鳴らしていると、千歳が呆《あき》れた声でそう言った。

それと同時に、目の前にコトリと煮物の小鉢が置かれる。ニンジン、ゴボウ、大根、鶏肉などの小さめに切られた具材と共に、薄皮付きの落花生が入っている。

聞けば、にごみという名前の大村市《おおむらし》の郷土料理らしい。筑前煮と少し似ている。香ばしい醤油が香り立つのが、若干鼻が利かなくなっている若葉にもしっかりとわかった。

その香りを嗅いでいる間に、鯛《たい》の塩焼き、ウチワエビのお味噌汁が五月雨式《さみだれしき》に並ぶ。

美味しいものたちの共演に、くらくらしてしまう。

「今日は立派な鯛《たい》がとれたのよぉ〜。ウチワエビはおすそ分け」

チエミからパチリとウインクが飛ぶ。

新鮮な海の幸と山の幸。これらを千歳が料理すると、さらに崇高な味わいになる。料理がてんでダメな若葉にとっては、魔法のようだ。

「千歳さんにお嫁さんになってもらいたい……」

濃厚なお出汁《だし》が出ている味噌汁をグビリと飲んで、若葉はそう漏らした。何もかもが美味しい。最高すぎる。

「あーらあら、ワカバちゃんったら情熱的ねぇ」

「ごはんを美味しく作れるなんて、もうそれだけで神ですから。それに千歳さんのお料理って、和食というか……おばあちゃんの味的な郷土料理っぽいものが多くて、すっごくほっこりです〜」

お腹が満たされて、ホコホコとした気持ちのままチエミとおしゃべりをする。この店に通い始めて三ヶ月ほどが経過したが、和食が多い傾向にあるように思う。

そうは言っても彼の作るトルコライスも皿うどんも、とにかくどんな料理でも最高なのは間違いない。

「ボクも、チトセのごはんすき！」

「まーねぇ、チトセちゃんのごはんは、アタシも大好きだわぁ〜。魚介を扱わせても完璧だなんて、アタシ嬉しいっ！」

「……それは、ありがとうございます」

リューとチエミからもキラキラした眼差しと賛辞を送られて、むず痒《がゆ》くなったのか千歳は礼を言うと顔を背けてしまった。

そうして厨房に戻った彼は、なにやら作業を再開した。トントントンと、小気味いい包丁の音が聞こえる。

……あ、照れてる。

感情表現の乏しい千歳の些細な行動からそうした気配を察知できる程度には、若葉はずいぶん彼に詳しくなったと自負している。

だが、未だに分からないことがある。

一体この人は、何のあやかしなのだろうか。最近の若葉が空《あ》いた時間に考えることはそればっかりだ。

若葉はこれまで千歳の正体を直接尋ねたことはない。ずっと気になっているけれど、なぜだか聞けないままでいる。

「……やっぱり、ごはんの神様？」

料理を続ける千歳を見て、若葉はそんな仮説くらいしか立てようがなかったのだった。

繁忙期を前にした最後の休日。若葉は商業施設の中にある本屋に買い物に来ていた。しばらく足を運んでいなかったこともあり、欲しいものがたくさんある。

卒入学のシーズンということもあり、多種多様な文房具がズラリと並ぶ。それらを眺めることが好きな若葉は、ウキウキした気持ちで店内に足を踏み入れた。

「あらぁ？　どこにあるのかしらねぇ」

目当ての本を何冊かカゴに入れ、文房具を物色し始めた若葉の耳に入ってきたのは、そんな声だった。

チラリと目を向けると、陳列棚のところで何かを探している様子の和服姿の年配のご婦人がいる。

周囲に店員がおらず、聞くに聞けない状態であるらしい。キョロキョロと見渡しては、困ったようにため息をつく彼女に、若葉は思い切って話しかけた。

「あの……何かお探しですか？　といっても、この店の者ではないので私で分かることならなのですが……」

文房具コーナーにいるということは、何か筆記用具や紙類を探しているのだろう。本探しでなければ役に立てるかもしれないと踏んだのだ。

「ごめんなさいねぇ、筆を探しているのよ。孫に贈ってあげたくって」

「筆……ですか。だったらこっちにあると思います！」

若葉の読みは当たった。筆ならば、先ほど物色していた際に見かけている。

「ありがとうねえ。せっかくこんなところに来たのだから、お土産を買ってあげたくってねぇ」

ふわりと笑みを浮かべる物腰の柔らかいご婦人を、若葉は少し得意な気持ちになって隣の陳列棚まで案内した。そのコーナーには、絵画用の絵筆から習字用の毛筆まで、様々な大きさや太さのものが揃っている。

「まあまあ、色々あるのねえ。どれがいいかしら」

それからご婦人は楽しそうに筆選びを始めた。若葉もその後ろ姿をほっこりとした気持ちで眺める。

「あなた、よかったら一緒に選んでくれないかしら？」

「私で良ければ。お孫さんは、絵を描くのがお好きなんですか？」

「いいえ、違うのよ。ちーちゃんは字を書くの。最近、とってもやる気があるから、ふふ、私も教え甲斐があって楽しいの。可愛い子なのよ」

「へえ！　それは素敵ですね」

ご婦人は習字の先生でもあるらしい。

若葉の頭の中には、小学生くらいの可愛らしい女の子の姿が浮かぶ。孫に手ずから習字を教えているのだろう。

優しい祖母と孫。その姿を想像するだけで、若葉も幸せな気持ちになる。

さらに、ご婦人の纏《まと》う空気はどこか清涼で、そばにいるだけでなんとなくすっきりする気がした。

若葉は並べられた毛筆用の筆の中から、いくつかピックアップしてご婦人に見せていく。最終的に彼女が選んだ筆は、持ち手の部分が赤い太い毛筆と小筆だった。

「素敵なものが選べたわ。ねえお嬢さん。この後、少しお時間あるかしら？　お礼をしたいから、私にちょっとだけ付き合ってくれない？　ふふ、ミルクセーキをご馳走しちゃうわ」

特に予定もなく、ふらふら洋服でも見ようかなと思っていた若葉は、ご婦人の申し出を快諾した。

……ミルクセーキにつられたわけでは断じてない。

そうして若葉は、ご婦人に誘われるまま、エスカレーターに乗って上の階にある喫茶店へ向かった。

そこは地元でとても有名な喫茶店である。だが、なんとなく格式が高い気がしてあまり行ったことはない。ただ、小さい頃に親に連れて来られた記憶はある。

「ふう……私のおすすめばかり頼んでしまったけれど、大丈夫かしら。苦手なものはなかった？」

「はい！　甘いものも大好きなので」

この店に入るなり、ご婦人はミルクセーキとフルーツサンドを注文した。現在はその注文の品の到着を待つところだ。

「お嬢さんのおかげで、楽しいお買い物ができたわ」

「いえいえ、こちらこそお力になれたならうれしいです」

「ありがとう。それにしても懐かしいわねえ、娘ともよく来たのよ。ここではなくて、町の方だったけれど」

「あぁ、そういえば、確か元々は別のところにあったんでしたね」

この喫茶店は、以前は浜の町の先の方に店を構えていたことを若葉も知っている。

その言葉に同意するように頷《うなず》くと、ご婦人も柔らかな笑みを浮かべる。

にこにこと笑みを絶やさない女性に、若葉もつられてずっと笑顔になってしまう。

この人の纏《まと》う空気は本当に気持ちよく、どこか心が浄化されるような気さえする。

ふと店内を見渡せば、カウンターにはサイフォンが並べられていることに気付く。フラスコのような容器にコポコポとコーヒーが溜まっていく様子とその香ばしい香りにぼんやりしていると、注文の品が届いた。

「わあ……なんだかとっても久しぶりです」

若葉の前に、大きなグラスにたっぷりと盛られたミルクセーキがコトリと置かれた。上に乗るさくらんぼの可愛らしい赤がよく映えている。

そもそも長崎のミルクセーキは、大正末期から昭和初期にとある喫茶店で発祥したと言われている。暑い夏。日差しの中、汗だくで坂道を上り下りする人々を涼しくするために考案されたものらしく、それゆえに飲み物ではなく冷たい氷菓子のようになったという。

そう、長崎のミルクセーキは飲み物ではなく食べ物なのだ。卵とミルクの優しい味わいのそれは、シェークというよりも粒の細かいかき氷とアイスクリームの中間のような食感で、普通はスプーンで食べる。

一方で、ご婦人の前にはフルーツサンドと香り高いコーヒーが置かれた。

「はい。これの半分はあなたの分よ。お嬢さん」

彼女はフルーツサンドを取り分けると、若葉の前に差し出す。

「いただきます……！」

それを受け取った若葉は、パフェ用の持ち手の長いスプーンを手に取り、ミルクセーキのてっぺんにサクリと挿入し、口に運んだ。

優しい甘さと、口の中をさっぱりさせる冷たさが染み渡る。

若葉が次に手を伸ばしたのは、果物がたっぷり挟んであるフルーツサンドだ。

塩気のあるパンに挟まれたクリームと、甘酸っぱいフルーツ。ケーキとはまた違ったしっかりとした味わいがある。これも、とても美味しい。

「まあ、ふふ。お嬢さんが美味しそうに食べてくれて嬉しいわ。うちの娘も孫も大好きなのよ」

「はい、とても美味しいです！　お孫さんに悪い気もしますけど」

「もうすぐ待ち合わせの時間だから、あの子にはそのときまたご馳走するからいいのよ。なんだかもうひとり孫ができたみたいで嬉しいわねえ」

コーヒーを飲みながら、また柔らかい笑みを浮かべるご婦人に、若葉も笑みを返す。

……そうか、もうすぐお孫さんが来るのか。それは良かった。

そう思いながら、若葉は残りのミルクセーキも食べすすめる。甘いけど、さっぱりしていて、疲れた体にちょうどいい甘さと清涼感がある。

夏に食べるのももちろんいいけれど、こんなふうに外が寒い日に、暖房と厚着で火《ほ》照《て》ってしまった体を冷ますのにもちょうどいい。

ピリリリリ……

若葉がミルクセーキを満喫していると、どこからか電子音が鳴った。

「あらあら、私だわ。ごめんなさいねえ」

ご婦人はバッグから携帯電話を取り出すと、若葉に向かって頭を下げたあと、その電話に応答した。

「……え？　ええ。親切なお嬢さんに案内してもらって、今はお店にいるのよ。店名は……そうそう、ミルクセーキを……やあだ、大丈夫よ、わかるから」

小声で話している様子からして、ご婦人の待ち合わせの相手なのだろう。

あまり聞き耳を立てないように気をつけながら、若葉は残りのミルクセーキに集中する。まもなく合流するのかもしれない。急いだ方がいいだろう。

「あら、もう近くにいるの？　あらまあ、ほらほら、ここよここ〜」

若葉が少しペースを上げてミルクセーキを掻《か》き込んでいると、ご婦人が携帯電話を耳につけたまま、店の外に向かって手を振った。

もしや孫と合流してしまったのだろうか。きっと気まずいだろうからその前に立ち去ろうと思っていた若葉だったが、今更いなくなることはできない。

「……はあ、良かった、ばあちゃん」

そんなことを考えながら、なんとなく姿勢を正していた若葉の背後から耳に届いたのは、聞き覚えのある声だった。

「あらあら、思ったより早かったのねぇ」

「っ、母さんからばあちゃんがひとりで先に行ったって聞いたから、急いできたんだよ」

「まあ。ちーちゃんは学校だったのにごめんねぇ。ふふふ、ちょっと買いたいものがあったのよ」

若葉を挟んで交わされる会話を、身を縮こませながら聞いていた。おっとりとした口調で話すご婦人と、息を切らしたように早口で話す男性の声が交互に飛び交う。

そう、男性の声だ。

ご婦人が「ちーちゃん」と可愛らしい愛称で呼ぶものだから、若葉は彼女の孫はてっきり小学生くらいの女の子だと勝手に思い込んでしまっていた。

固まったまま、振り向くことができない。

「……もう少し待っててくれたら一緒に行けたのに。ここまで迷わなかった？」

「大丈夫よぉ。親切なお嬢さんに案内してもらったもの。おかげでお買い物も満足できたわ」

「すみません、うちのばあちゃんが世話になりました……って、あれ……」

青年の視線が向けられているのを感じ、観念した若葉はゆっくりと顔を上げた。

……ああ。やっぱりそうだ。

若葉はいつの間にか、声だけで彼のことが分かるようになっていた。

「は……若葉さん……？」

そこに立っていたのは、他の誰でもなく、あの千歳だったのだ。

よそゆきの笑みを浮かべていたらしい千歳の顔が、若葉を見たままピシリと固まる。

それはそうだ。まさかここに若葉がいるなんて、想像もしていなかったことだろう。

もっともそれは、若葉にとっても同じだ。

「え、えへ……こんにちは」

「……」

ぎこちない笑顔でなんとか挨拶《あいさつ》をする若葉に、千歳は言葉を失ったままだ。

「あらあら、きちんとご挨拶《あいさつ》しないとダメでしょう。ちーちゃんったら」

「ちーちゃん」

そこに輪をかけるようにご婦人が千歳のことを可愛らしく呼ぶものだから、思わず

ない。

若葉はそれを復唱してしまった。

瞬間的に、千歳から冷たい視線を向けられる。ミルクセーキよりも冷たいかもしれない。

「こちらの方、とっても優しいお嬢さんでねぇ～。お買い物を手伝ってもらったお礼に、ミルクセーキを食べていただいていたのよ。ほら、ちーちゃんも座りなさいな。あなたの分も頼むから」

「あっ、私はこの辺で失礼しようかなと……」

「まあまあ、そんなこと言わずに。うふふ」

席を立とうとしたが、ご婦人の柔らかな笑みに遮られる。物腰は柔らかいが、意外と押しが強いらしい。

「ばあちゃんは、こう見えて強引だから」

「……そ、そうなんですね」

千歳は若葉の耳元でそう呟《つぶや》くと、軽くため息をつきながらご婦人の隣に座った。

「ばあちゃん。人前でその呼び方はやめてって、ずっと言ってるじゃん」

「いいじゃない～。孫はいつまでも可愛いものよ。目に入れても痛くないわ。ほら昔、保育園でばあばのお顔を描いてくれたことがあったじゃない。とっても可愛かったわあ」

「いつの話をしてるの……」

普段は凛とした雰囲気の千歳だが、ご婦人の前ではたじたじだ。その様子がどことなく幼く見える。

それにしてもこんな所で会うなんて、なんという偶然だろうかと若葉は思う。単純に休みの日に千歳に会えて嬉しい。

孫と祖母の思い出話をうっすらと聞きながら、若葉は思わず笑顔になる。

ニマニマとしながら席に置いていたバッグをチラリと見ると、その中でモゾリと動くものが目に入った。

もちろん、子狐状態のリューである。

お休みの日でもこうして一緒にお出かけするのが、もはや若葉の日課になっている。

神格が上がったといっても、あやかしのときと同じでリューの姿は普通は他の人には見えないらしい。

力が弱まっていた頃と違って、力を使えば顕現することもできるらしいが、リュー曰《いわ》く、『とっても疲れるし、おなかが空《す》くからやらない』そうだ。

それを聞いて、若葉は安心して連れ回している。バッグに手を突っ込んで、もしゃもしゃとそのふわふわの毛並みを撫でる。このフルーツサンドも持ち帰りができるなら、ぜひリューに食べさせたいところだ。

ホクホク癒された気持ちで顔を上げると、千歳もご婦人も若葉の方を微笑ましく眺めていた。

「休日も一緒なんですね」

千歳の声は、真っ直ぐに若葉に向けられている。当然千歳には、リューの姿が見える。

そのとき、そういえばと考える。

若葉の中では、千歳を「料理の神様」として認定していた。

だが今日ここで現れたのは、彼の祖母という存在だ。神様に祖母がいるものなのだろうか。それに先ほどご婦人は、千歳に『学校だったのに』と言っていなかっただろうか。

そういえば、『保育園で絵を描いた』とも言っていた。

神様が学校に通う？　そんなことがあるのか？　いや、あるのかも。チエミやミケだって社会で働いているし。若葉が知らないだけで、神様学校なるものも存在する可能性がある。

周囲で起こる不思議なことに慣れてきたせいで、若葉の感覚は麻痺してきている。

考えすぎてパンクしそうになったところで、ご婦人は柔らかく微笑んだ。

「うふふ。お嬢さんはその子のことをとっても大事にしているのね」

若葉を見つめるご婦人の瞳は慈愛に満ちている。『その子』と言うときの視線はバッグの方に向いていて、リューの存在を示唆しているように見えた。

「あなたがいい子で良かったわ。ねえ、ちーちゃん」

ご婦人に同意を求められた千歳は、「そうだね」と短く答えて、新たに席に届いたミルクセーキに手を伸ばした。

「あの、リューちゃんのことが見えるんですか？」

「リューちゃんというお名前なのね。可愛いわねえ。ええ、見えているわ」

おずおずと問いかけた若葉に、ご婦人は優しく頷《うなず》いた。

「そうなんですね。そっか、そうなんだ……？」

だとすると、この人もいわゆる霊力が強い人か、もしくはあやかしということになる。以前あやかしだと疑ってかかっていた蒼太が、霊力の強い人だったという結末を思い出して、若葉は一層混乱した。

そうして、若葉は無言でミルクセーキを食べ始めた千歳をじっとりと見つめると、思い切って口を開《ひら》いた。こうなったら聞くしかない。

「あの、千歳さんって……料理の神様ではなかったんですか!?」

「っ、けほっ!!」

「あらまあ、ちーちゃん、大丈夫？」

若葉の突拍子もない問いかけに千歳はむせてしまい、ご婦人は心配そうにその背中をさすっている。

テーブルに置かれたグラスの水を一気に飲んだ千歳は、胡乱《うろん》な目で若葉のことを見ていた。

「なんですか、それ」

「だってだって、千歳さんのご飯はとっても美味しいし、食べると元気になるから、神様なのかなって思ってたんですけど」

「あらまあ。そうよねえ、ちーちゃんのご飯はとっても美味しいものね。娘は料理が苦手だったけど、あの店をちーちゃんが引き継いでくれたから私も本当に助かったのよ」

「あの店を引き継ぐ……？」

ご婦人の言葉に、若葉は首を傾《かし》げる。

その疑問の色に気が付いたのか、ご婦人はまた柔らかく微笑んだ。

「お嬢さんも、あの赤提灯の店をご存知なんでしょう。今はちーちゃんがやってくれているけれど、少し前までは私が皆にご飯を振る舞っていたのよ。チエミやミケともお知り合いかしら。可愛らしいお稲荷《いなり》さんも連れているし……あなたが噂の若葉さんね？」

チラリと千歳の方を見ると、彼も若葉の方を見て小さく頷《うなず》いていた。

このご婦人は何もかも知っている。そんな確信があった。

「はい、小野若葉と申します」

若葉はスッと姿勢を正した。緊張気味の声が喉を通り抜けていく。

「まあ、ご丁寧に。私は御厨《みくりや》ユエと言います」

「みくりや……」

どこかで聞いたことがある気がする。若葉の中で千歳は『チトセ』という存在だったから、苗字があるということに考えが及ばなかった。雷に打たれたかのような衝撃を受ける。

「ご存知ないかもしれないけれど私、御厨神社で宮司をしているのよ、うふふ。良かったらあなたも、縁結びにお参りにいらっしゃいね。まあ、もう必要ないかもしれないけれど」

茶目っ気たっぷりにご婦人が若葉にウインクをする。情報量がとてつもなく多い。

カランと若葉の前にある水のグラスの氷が回る音がして、一瞬呆《ほう》けていた若葉はご婦人と千歳の顔を何度も見比べた。

「御厨神社って、あの御厨神社ですか？　やっぱり千歳さんは神様だった……？」

若葉の友人が言っていた神社の名前が確か御厨神社だった。それにいつか来店した女性客も、そのようなことを言っていた気がする。

「だから、俺は神様じゃない」

混乱する若葉に、千歳がピシャリと言い放つ。

「御厨千歳《みくりやちとせ》。市内の大学に通う、れっきとした人間ですよ」

「に、人間……」

自己紹介で人間かどうかを語られたのは、若葉の人生で初めてだ。おそらくは、千歳の人生でも同じだろう。

若葉はただただ驚いて、言葉を失ってしまった。

これまで接してきた千歳は、いつも落ち着いていて、料理上手で、頼りになるお兄さんという印象があった。

だが、こうしてご婦人の横に並んで、世間話に相槌《あいづち》を打ったりミルクセーキを食べたりする姿は、年相応に見える。大学生に見えなくもない。

そうこうしているうちに、またご婦人の電話が鳴った。電話に出たご婦人は、何やら楽しそうに話をしながら若葉たちに会釈をしてフロアの方へ出ていく。

席には若葉と千歳がふたりきりで取り残される。

「人間で年下だと、嫁にはなれないんですか？」

「えっ⁉」

なんとなく気まずくなり、テーブルの水滴を拭く作業に勤《いそ》しんでいた若葉に、千歳がそっと声をかけてきた。若葉はハッとして顔を上げる。

「俺、人間ですけど、料理は上手ですよ」

「う、うん、それは知ってます」

「それに、今は大学生ですけど、優秀な方なので将来有望です」

「はあ」

「日本人の平均寿命を考えると、男の方が年下の方がいいと思います」

「へ、ソウナンデスネ……？」

前言撤回だ。目の前の千歳は、どこまでいってもいつもの無表情で感情が読めない。少しだけ分かったつもりになっていたが何もわからない。

私は一体何を聞かされているのだろうか、と若葉の頭が再度パンクしそうになったとき、千歳はその綺麗な顔をフッと緩めた。

「ふはっ、若葉さん、すごい顔してます」

「なっ、なっ」

「ばあちゃんが戻ってきそうなので、続きはまた今度」

チラリと目をやると、フロアにいたご婦人がゆっくりとこちらに戻ってくるところだった。

「続きって、何のですか」

若葉が尋ねると、千歳はミケのような妖艶な笑みを浮かべる。いつもが無表情なだけに、その仕草にドキリとしてしまう。

「年下の人間の良さについてのプレゼンです」

「な……！」

「お待たせしちゃったわねえ～。ちーちゃん、そろそろ八千代《やちよ》がお冠みたいだから、帰りましょうか。お嬢さんも長々と引き止めちゃって、ごめんなさいねえ」

若葉が返事をしようとしたとき、タイミングがいいのか悪いのか、ご婦人が戻ってきた。

そしてこの唐突な不思議な会はそこでお開《ひら》きとなり、若葉は千歳たちと別れることになった。

しかしながら、もちろん、買い物に集中することなどできるはずがなかった。

「まさかだったぁーーー！」

家に戻り、部屋着に着替えた若葉は勢《いきお》いよくベッドにダイブした。

そのままふかふかの掛け布団に頭を埋《うず》める。

「ワカバ、どーしたの？」

鞄から出てきてヒト型になったリューは、突然変な行動を取る主人を不思議そうに眺めながら近づいて来る。

そしてベッドにピョンと軽やかに飛び上がると、若葉と同じように布団に顔をくっつけてみせた。

リューの声に反応して、うつ伏せの若葉がモゾリと顔を動かすと、隣で琥珀《こはく》のキラキラの瞳が自分を見ている。その愛らしさに蒸発しそうになった。

「……リューちゃん。私、千歳さんって神様だと思ってたんだよ……七割くらい。後の三割はあやかしかと」

若葉は混乱する心の内をリューに吐露《とろ》する。

「うん？　そうだったの？　チトセはずっと人間だよ」

帰ってきた答えは、とてもあっさりしていた。リューは元から知っていたのだ。当然といえば当然のことだが、初めからリューに尋ねれば良かった。

「それにね、まさかまさか、と、年下の、しかも学生さんだったなんて……！」

「学、生、さん」

きょとんとした顔で、リューは若葉の話を聞いている。学生という単語に馴染みがないからか、若葉の話に全くと言っていいほど動揺していない。

そうだろう。今日あの喫茶店で、衝撃を受けたのは若葉だけだ。

見知らぬご婦人が紡いだ縁は、とんでもない事実を若葉に知らせることになった。いつかは知ることになっただろうが、全くもって心の準備ができていなかったのだ。

「……年下だとダメなの？　ワカバは、チトセがきらい？」

リューに問いかけられて、若葉は言葉に詰まる。

「ボクはどんなワカバでも好きだよ。ワカバはちがうの？」

純粋で真っ直ぐな瞳に見つめられて、若葉は顔を隠すように布団に顔を埋《うず》めた。込み上げてくるのは、ただただひとつの気持ちだけ。

「……好き、です」

「うん！」

ボソリと呟《つぶや》くと、楽になった気がした。顔が熱いのは、気のせいではない。

別にプレゼンなんて必要ないのだ。思い返せば、あの無愛想な店主に初めて出会ったときから、ずっと気になっていた。

真衣には誤魔化してしまったが、きっとあのときにはもう好きだったと思う。

若葉はドクドクと強く打つ鼓動が落ち着くまで、うつ伏せでやり過ごすことにした。

「そういえばあの女の人も、ボクのこと見えてたね」

悶々《もんもん》としている若葉に対して、リューがそう呟《つぶや》いた。

「え？　……あ、そういえばそんなこと言ってた。やっぱり宮司さんともなると、力が強いのかな」

その場面を思い出して、若葉も頷《うなず》く。

こうやって話していると、ドキドキが少し落ち着くことに若葉は気が付いた。

「うん。あの人、チトセよりずーっとつよいニオイがした。ええっと、ワカバのお仕事のところにいる人間も、ちょっとニオイがするけど」

「大草さんのこと？　リューちゃんのこと見えるって言ってたもんね。結局のところ、大草さんも千歳さんもみんな人間だったんだねえ」

若葉はしみじみとそう呟《つぶや》く。疑っていようが、信じていようが、結局のところみんな「人間」だったのだ。

「その人は見えるだけだけど、チトセたちはちがう。特別なの」

大きな尻尾をパタリパタリと規則的に動かしながら、リューはそう言って真っ直ぐに若葉を見た。

「特別？」

「うん、特別！　とっても特別だよ」

力説するリューの姿が愛らしくて、思わず若葉の手がリューの頭に伸びる。そのままふわふわと二、三度撫でると、不思議と若葉の気持ちも凪《な》いできた。

「……今まで聞かずにいたけど、今度お店に行ったら色々聞いてみようかなぁ」

「チトセのお店！　ボクも行く！」

「うんうん、もちろんリューちゃんも一緒に行こう」

千歳は御厨神社の宮司の孫。大学生。その情報は得られたが、まだまだ知りたいことが山積みだ。若葉はようやく布団から這《は》い出て、手首の組紐を見た。

「この組紐とか、お守りのこととか、バタバタして聞きそびれちゃったもんなぁ」

若葉とリューの手首には、お揃いの赤い組紐が巻いてある。若葉のものはあの日、濡れ女に千切られてしまったが、千歳からすぐに新しいものをもらったのだった。

今まで神様だと信じていたから気にならなかったが、彼が人間だとしたら、このお守りや組紐に宿っている不思議な力はなんなのだろう。

じいっと右手首を見つめながら、若葉は真剣な表情で物思いに耽《ふけ》る。

「あ、ねえねえ、ワカバ」

リューが無邪気に問いかけてきて、若葉は笑顔で「なあに」と答えた。

「チトセが言ってたプレゼンって、なんのこと？」

「！！！！」

コテリと首を傾《かし》げた小さい神様の言葉に、ようやく平常心を取り戻したばかりの若葉はまた布団に潜り込み、大きな饅頭《まんじゅう》のようになったのだった。

第十一章　いつもの坂道

ついに引っ越しのシーズン本番がやってきた。三月と四月は転勤や入学、就職などで県内外の人の移動がもっとも多い時期だ。

もちろん若葉が勤める不動産会社も例外ではなく、目が回るような忙しさに見舞われている。

物件に空《あ》きが出ると分かれば、すぐにクリーニングなどの手配をして案内をネットに掲載しなければならない。立地の良い物件であれば、ネットに載せたそばから問い合わせが殺到するなんてこともザラだ。

ひっきりなしに訪れる客に丁寧に物件の説明をして、実際に現地で案内をして、契約を進めなければならない。

それも一日に何組も、だ。早朝に出勤して、深夜に帰ることが常態化しつつある。

そのせいで、あれから千歳の料理屋には行けず仕舞いだ。

もちろん帰り道、あの坂道には赤提灯が煌々《こうこう》と鎮座しているのだが、なにぶんやることが多すぎて、全く立ち寄れずにいた。

行ったら絶対に長居をするだろうし、満腹まで食べるだろう。そうすると、よく眠りすぎてしまって、仕事が進まないということを若葉はよく理解していた。

「うう、今日も疲れた……」

今日も今日とて、帰って早々に制服を脱ぎ散らかして部屋着に着替えたらすぐにベッドにダイブした。

モソモソとベッドサイドに置いてあるメイク落としを取り、寝転んだまま化粧を落とす。

……買い置きの食品はまだあっただろうか。若葉のお腹はグウゥと大きな音を立てている。そういえば、今日は昼食すらまともに食べていない気がする。

コンビニに寄る気力もなく、買いおきのカップ麺やパンでなんとか凌《しの》いでいたが、そろそろ冷蔵庫も収納庫も空《から》っぽかもしれない。米を炊く気力もなく、お風呂すら面倒だ。

この繁忙期は流石《さすが》に超人の蒼太もぐったりしている。だが、それでも相変わらず成績はグループで群を抜いているらしかった。

高田先輩は、忙しすぎて嫉妬している暇もなさそうだ。

若葉もそれなりに健闘はしている。大変な日々の中でも、今週を乗り越えたら山場を越えるので、それを励みに頑張っていたのだ。

そうしてついに今日、一応終わった。もう若葉のライフはゼロだ。

「リュ、リューちゃんを摂取しないと……」

疲れきった若葉は、あのモフモフに癒しを求めた。リューを抱っこした状態でモフモフを堪能し、今日はこのまま寝てしまいたい。水さえ飲めば、空腹をごまかせるはずだ。

最近リューにあまり構えなかった気がするし、と若葉は重い体をなんとか起こして、その辺に置いていた鞄を掴んだ。

ぼんやりしながら鞄の中をまさぐる。

だが、あの感触はない。ガシャガシャと色々なものに触れるが、そのどこにもモフリとした感触はない。

「え？　あれ、リューちゃん……？」

ウトウトと半分眠りにつこうかとしていた若葉は、思わず目を見開いた。

急に意識がクリアになる。飛び上がって鞄の中をしっかりと見たが、あのふわふわの子狐はそこにはいなかった。

あの日のことが脳裏をよぎり、若葉は青ざめる。

リューがいなくなるのはこれで二度目。一度目は消滅の危機にあった子狐が、また何かに巻き込まれてしまったのかもしれない。

今にも眠りそうだったはずだが、心臓がバクバクと早鐘を打ってそれどころではなくなってしまった。

職場を出るときには確かにバッグの中で丸まっていたのに、一体いつはぐれたのか。

ピンポーン。

若葉が不安で泣きそうになっていると、インターホンが鳴った。予期せぬことに、体がビクリと大きく反応してしまう。

「……え、なに、こんな時間に……」

間もなく日付が変わろうとしている。こんな深夜に配達の人が来るはずも、友人や家族が訪ねてくる予定もない。

まさか、また、あやかしだろうか。

ドクリドクリと跳ねる心臓を抑えながら、若葉はゆっくりと立ち上がる。モニター付きのドアホンがある物件にしておいて良かったと、今さらながらに思う。

震える指で、チカチカと点滅するドアホンのボタンを押すと、急な来客の正体が白黒の画面に映し出される。

「え……？」

そこに映る姿を見て、強張っていた体からフッと力が抜けた。

若葉はすぐにアパートのエントランスへ走る。すっぴんであることも、可愛くもなんともないゴム草履を履いたのも全く気にならない。

階段を駆け降りて、内側からオートロックを解除すると、かなり驚いた表情のその人とばっちりと目があった。

「千歳さんっ……！　リューちゃんが！」

そこにいたのは他でもない千歳ちゃんだった。

泣きそうな顔をしている若葉は、勢いのまま千歳の手を掴む。

「リューちゃんが、またいなくなっちゃって……っ」

ボロと涙が零れ落ちたところで、何かがふわりと若葉の肩に飛び乗ってきた。そしてそれが、若葉の頬《ほほ》をペロリと舐《な》める。

「キューン」

泣かないで、と言うかのように甘えた声で子狐が鳴く。

「おい、リュー。お前、黙って出てきたのか」

千歳の呆《あき》れた声は、そのふわふわに向けられている。若葉の肩に飛び乗ったのは、若葉が捜していたリューだ。

びっくりして、涙が一瞬で引っ込んでしまう。

「あれ……リューちゃん。え、あれ、そういえば千歳さん、どうしてここに？」

リューがいなくなった焦《あせ》りと、見つかった安堵《あんど》と、なぜここに千歳がいるのかという疑問が交じって、若葉の感情は至極混乱した。

「少し前にリューが店に来たんです。『ワカバにご飯ちょうだい』って。まさか無断で来たとは思わなかったんですが」

千歳の手には、何やら紙袋が握られている。

若葉がリューを両手で抱《かか》え上げると、ダラリと体から力を抜き、ぬいぐるみのようになった子狐が申し訳なさそうな上目遣いで若葉を見上げていた。可愛い。

「リューちゃん……無事で良かったよぉぉ、心配したんだからね！」

「きゅーん」

若葉はぎゅうぎゅうとそのふわふわを抱きしめる。今はただ、リューが何かに巻き込まれたわけではないことに安堵《あんど》した。

「これ」

暫く若葉とリューの様子を眺めていた千歳は、そう言いながら手元の紙袋を若葉に差し出した。

千歳に会うのはあのミルクセーキのとき以来だ。次に会ったら色々聞こうと思っていた矢先の繁忙期で、タイミングを逸《いっ》してしまった気さえする。

「ごはんと胡麻だれにつけた鯛《たい》とだし汁を入れてます。ごはんの上に鯛《たい》を乗っけてから、水筒のだし汁をかけて食べてください」

「ふわ……美味しそう……」

「リューの分もあるので、ひとりで全部食べないでくださいね」

「だっ、大丈夫です！」

――次に千歳に会ったら、どんな顔で話をすることになるだろうかと、あれから若葉は少しだけ緊張していた。

それもこれも『年下の人間の良さについてのプレゼンです』だなんだと、千歳が急に変なことを言ったからだ。

「ありがとう……ございます」

「別に。元気そうで良かったです。リューが助けてって飛び込んで来るから、何事かと思ったけど」

春めいてきたとはいえ、夜はまだ冷える。時間がなかったのか、千歳は上着を着ておらず、鼻の頭が赤くなっている気がする。

「あ、えへへ……最近仕事が忙しすぎてなんかボロボロだったんですけど、元気出ました！　またお店にも行きますね」

紙袋を受け取りながら答えると、千歳が少しだけ笑った気がした。相変わらず綺麗な顔だ。

年下と知っていても、彼の落ち着いた様子は、やはり年上に見える。少なくとも若葉よりは大人な雰囲気だ。

千歳の色素の薄い瞳がじっと若葉を見下ろしていて、ヘラリと笑っていた若葉は、急に緊張がぶり返して固まってしまった。

「……若葉さんさ」

「はっ、はいい！」

緊張したせいで、ひっくり返ったような変な声が出た。

千歳は若葉の奇声に一瞬びっくりした顔をしたが、少しだけ口元を緩めて、ふっと笑う。

きっと千歳は知らないだろうが、若葉は千歳のその顔に弱い。堪えきれないようにこぼす笑みに、ときめいてしまうのだ。

何を言われるのだろうと、若葉は身構えた。ひょっとしてプレゼンの続きが聞けるのではないかと密かに淡い期待を抱《いだ》いている。

「そうしてると、高校生みたいですね」

「なっ……！」

若葉の期待は予想外の方向から打ち砕かれた。メキメキと音が聞こえる気がする。

固まる若葉を尻目に、千歳は今度は人差し指を子狐の方に向けた。

「リューはちゃんと若葉さんに謝ること。もう勝手にいなくなるなよ。じゃ、また」

悪戯《いたずら》っぽく笑った後、くるりと踵《きびす》を返して千歳は坂を下りていく。

ひらひらと手を振って、彼の背中は夜の闇に溶け込んでいった。

「高校生？　高校生ってなんで……？」

この前、千歳のことを学生扱いしたことへの意趣返しなのだろうか。あまりにあっさりと帰ってしまった千歳の様子に拍子抜けした若葉はしばらく悶々《もんもん》と考えていたが、ふとあることに気が付いた。

「けっ、化粧落としたの忘れてたああ！　あっ、あっしかもこんな格好……！　髪もボサボサじゃなかった⁉」

今さらながら、自分のよれよれな姿に気が付いた若葉は、恥ずかしさから顔が熱くなる。

若葉の部屋着は、高校時代のジャージだ。丈夫で着心地もいいので何年も愛用している。さらに言うと、中学時代のものとローテーションで着ている。

めいっぱいおしゃれをして、化粧も髪型もばっちりで、肌のお手入れも完璧なときに会いたいと思っていたのに、今の若葉は真逆の状態だ。

もし仮に、千歳が以前に示してくれたあれが好意だったとして、こんな姿を見たら、百年の恋も醒めてしまうのではないだろうか。

「きゅ？」

「うん。部屋に戻ろうね……」

意気消沈した若葉は、右手にはリュー、左手には紙袋をしっかりと抱《かか》えた。先程までと違う理由でバクバクとうるさい鼓動に気が付きながらも、急いで部屋へ戻る。

部屋に着き、紙袋をテーブルの上に置く。

「リューちゃん、ちょっとそこに座ってくれる？」

「うん！」

若葉が促《うなが》すと、リューはポワリとヒト型に変化し素直に従った。膝をきっちりと揃えて正座をする姿に、一瞬若葉の意思が揺らぎかけたが、心を鬼にしてできる限りの低い声を出した。

「いい、リューちゃん。勝手に私のところからいなくなったらダメだからね。すっごく心配したんだから！」

「……ごめんなさい～」

まんまるの琥珀《こはく》の瞳は、ウルウルと上目遣いで若葉を見つめている。

もちろん若葉だって、リューが本当の五歳児ではなく、実際は小さな神様であることは分かっている。

だが、心配なものは心配だ。消えかけた前例だってある。もうあんな思いはしたくない。

リューも三角耳をペソリと垂らして、反省している様子である。

仁王立ちをしていた若葉は、膝を床についてリューと同じ目線になる。それから、ゆっくりとその小さな体を抱きしめた。

「……無事で良かった」

それは若葉の心からの言葉だった。

「ワカバ、ごめんね。ボク、ワカバに元気になって欲しくて……チトセにわがままいったの」

「うん。リューちゃんの気持ちは嬉しいよ、ありがとう。最近ずっと毎日ヘロヘロでごめんね。……じゃあ、こんな時間だけど、食べちゃおうか！」

若葉はリューの頭を撫でた後、悪戯っぽく微笑む。

「……うん！」

しょげていたリューも、若葉に応じるようにニカリとした笑顔で頷いた。

早速、若葉は千歳からもらった紙袋を開《あ》ける。

白ごはんの入った容器と、鯛《たい》のお刺身のようなものが入った容器。さらにご丁寧に、海苔とあられが入った小さな保存袋まである。綺麗に整理されているところが、なんとも千歳らしい。同封されている水筒には、例のお出汁《だし》が入っているのだろう。

ごはん茶碗をふたり分用意して、容器から白ごはんをよそう。若葉の家にご飯さえ存在しないことを見抜かれているようで、少し恥ずかしい。

「えっと確か、次はお刺身……だったよね。それからだし汁って言ってたもんね」

千歳の説明を一つひとつ思い出しながら、若葉は料理を盛り付けていく。

ご飯の上に鯛《たい》のヅケと海苔やあられをのせてだし汁を注《そそ》ぐと、透明だった刺身は白く色づいた。熱々のお出汁《だし》を用意してくれていたらしい。流石《さすが》は元料理の神様だ。

鰹出汁《かつおだし》と胡麻と醤油。食欲をそそる香りが、雑然とした部屋にふわりと広がる。

「いただきます！」

「まーす！」

うっとりと香りに夢中になっていた若葉たちだったが、すぐに気を取り直して、出汁茶漬《だしちゃづ》けに手を伸ばした。

胡麻と醤油が染みた鯛《たい》の身は引き締まり、半生なのでぷりぷり感も残っている。だし汁とごはんをサラサラとかき込めばもう至福の味だ。あられがポリポリと香ばしく、海苔の磯の香りもアクセントになっている。

「ちゃんとしたごはん、いつぶりだろ。うっ、なんか泣けてきた……」

疲れた体に染み渡る味わいのお茶漬けと、千歳の優しさ。そして、若葉のためにと千歳を訪ねたリューのいじらしさ。

そのどれもが嬉しくて、お腹が満たされると同時に、胸の奥もじんわりと温かくなる。

「美味しいね、ワカバ。チトセのごはん、ボク大好き」

スプーンを上手に握って、ハグハグと夢中でお茶漬けを食べるリューの姿にさらに癒されながら相槌《あいづち》を打つ。

「うん、私も大好き！」

「チトセのごはんにはね、チカラがあるんだよ。イヤな気持ちをやっつけて、それからとっても元気になるの」

リューの主張は、とてもよく分かる。若葉だって挫《くじ》けそうなときに何度も助けてもらった。

「だから、あのお店にはあやかしが集まるんだよ。みんなキレイにしてもらうの」

「……え？」

「ボクも、ワルいやつになる前に、ワカバたちに会えてよかった」

「えっ、リューちゃん、それってどういう」

「きゅ？　ボク、詳しいこと、知らない〜」

リューは愛らしく微笑むと、残りのご飯に集中したいようで、耳がパタリと閉じてしまった。便利な耳だ。

「……どういうこと？」

よく分からないが、またあの店主に聞きたいことが増えたのは確かだ。

肌寒い春の夜は、浮かんだ疑問を頭の片隅に残しつつ、お茶漬けに温められながらゆっくりと更けていった。

若葉はその後、糸が切れたように眠ってしまい、起きたら部屋に赤い西日が差し込んでいた。完全に寝落ちである。

ずっと残業続きで睡眠すらもおろそかにしていたため、十五時間近く眠っていたらしい。

窓の外を見ると、夕日が地平線に沈もうとしている。夕日が残す茜色は、群青の夜空に溶け込みつつあり、夕方というよりは夜が近づいていた。

だがたくさん眠った分、若葉はとてもすっきりと目覚めることができた。休みの大部分を睡眠に費やしてしまったが、後悔はない。

それに夜の方が、都合がいい。

あのお店は夜しか開《ひら》いていないのだから。

「リューちゃん、行こっか」

リューはそれだけで目的地が分かるようになったらしく、子狐の姿のまま嬉しそうに飛び跳ねる。

若葉はいそいそとジャージを脱いで、一番お気に入りの服に着替えた。

それから軽い足取りで、いつもの赤提灯のお店に歩いていく。

久々に向かった料理店では、すでにお酒を飲んでいるらしいチエミが非常に上機嫌だった。頭のてっぺんまで真っ赤になっている。

「えーやっだぁ、ワカバちゃんったら！　チトセちゃんのこと、ずっとあやかしだと思ってたのぉ。あーっひゃっひゃっひゃっひゃ！　確かにアタシたちも何も説明しなかったけど」

今日は笑い上戸の日なのか、ずっとケラケラと笑っている状態だ。

そう、店に着いた若葉は、いつものカウンター席に腰かけて、開口一番に問うたのだ。

『千歳さんって……やっぱり人間なんですよね』と。

同じカウンターに座っていたチエミがそれを聞いていて、現在ひとしきり笑っている。

「だ、だって、チエミさんもミケさんも、リューちゃんだってそうだし……！　この店は、あやかしの集う場所だって聞いてたから、てっきり千歳さんだってあやかしとかそういうものだと思うじゃないですか！」

気恥ずかしくなった若葉は、そう言って頬《ほほ》を膨らませる。

当の千歳は「まだ言ってるんですか」と素っ気なく答えた後は、料理に集中しているようで若葉の方には目もくれない。プレゼンはどうしたんだとも問いたい。

……そもそも千歳だって悪いのだ。人並外れて容姿が整いすぎているし、ご飯も美味しすぎる。

八つ当たりにも似た言葉を心の中でぶつくさと唱えながら、若葉は出されたお茶をゴクゴクと勢いよく飲み干す。

「いい飲みっぷりねぇ。ほら、アンタもこれ飲みなさい。飲みやすいから！」

陽気な海坊主にグラスを差し出され、若葉は勢いに任せて流し込んだ。

「うっ……？」

どうやら酒だったらしい。甘やかな香りが鼻から抜けたあと、喉がカーッと一気に熱くなった。

「チエミさん。その勧め方はどうかと思いますけど」

「まさか飲み干すと思わなかったんだもの。ほらワカバちゃん、水飲みなさい」

喉を押さえた若葉を見て、リューは不思議そうに首を傾《かし》げる。

少し強い口調でチエミに忠言する千歳が差し出した冷水を、若葉はこれまたグビグビと飲み終えると、ようやく大きく息を吐いた。

「らいったい！　千歳しゃんが、ややこしいんですよぉ！」

トンッと空《から》のグラスをカウンターテーブルに置くと、若葉はキイッと千歳を睨《にら》んだ。

もっとも全く怖くなく、呂律《ろれつ》も回っていない。

「「…………」」

千歳とチエミとリューは思わず黙ってしまった。

どうやら若葉は酒が弱い。しかも、即効性がある。リュー以外のふたりは、あっという間に状況を理解した。

「そんなイケメンれ！　ごはんが美味しくて！　あやかしに詳しくて、優しくて、お守りくれて、お腹を空《す》かせてたら差し入れもくれて、そんな人がいるなんて思わないじゃないれすか、神しゃま以外に～～」

「……ワカバ、なんか変」

ガタリと立ち上がった若葉は、ぼんやりとした表情のままそう力説する。初めて見る主人の様子に、リューも困惑の表情を浮かべた。

何も食べないまま、お酒だけ呷《あお》ったのが良くなかったらしい。

「まさか年下の学生しゃんらったなんて、もうびっくりれすよぉ……私より大人っぽいし、うぅ、私なんてろうせ童顔でチビれすよっっ。いつまで経ってもちんちくりんの高校生れすよぉ～」

「チトセちゃん。ワカバちゃんに何か言ったの？」

「……」

チエミが怪訝《けげん》な表情で問いかけるが、千歳は無言だ。

「わ、私らって、私らってねぇ、ミケさんみたいな大人の女性に憧れてるんれすから～～！」

若葉が着物を着ても、ああはならないだろう。実際、成人式のときの赤い振袖は、似合わないというほどではなかったが、『なんかこう、七五三……？』と自ら思ってしまったほどだ。

カッカカッカと熱い頬《ほほ》をおさえながら若葉が力説すると、ふいにとても香ばしい香りがした。

同時にジュウと、何かを焼くとてもいい音もする。

「……お肉」

その香りに、騒いでいた若葉は急に大人しくなってストンと席についた。この香りが、肉を焼く香りであることに気が付いたのだ。にんにくの香りもする。

「ふっ、若葉さんて、ほんと……」

火の前に立つ千歳は、そう言って笑っていた。その笑顔は、今日もとても輝いて見える。

小馬鹿にされているような気もしなくはないが、イケメンの笑顔を見た酔っ払い若葉は、とても気分が良い。

もうすぐお肉を食べられるかと思うと、さらに楽しみで頬《ほほ》が緩む。

「ワカバ、高校生ってなあに？」

コテリと首を傾《かし》げるのはリューだ。

「えーっとね、若い子たちのことよ」

「若い？」

「な、なんて言ったらいいのかな……」

まんまる瞳のリューにそう質問されて、若葉は少しずつ冷静になってきた。高校生という単語を、この愛らしいあやかしに伝えるのは難しい。

「ワカバ、若いとダメなの？　ボクも若い？」

「あっ、ううん、若いのがダメってことじゃなくて、えーっとうん、リューちゃんは見た目はすっごく若いよ」

「見た目？」

「だってほら、リューちゃんは神様だし……あの祠《ほこら》もずいぶん古いものみたいだし、えーっとえーっと」

若葉がリューとのやりとりにしどろもどろになっている間にも、店の中にはどんどん美味しそうな香りが充満していく。お腹の虫が騒がしい。

「うふふふ、あー、ワカバちゃんたち見てたら飽きないわあ」

チエミは困っている若葉を見て、ずっと笑っている。

「今日は特別な肉をミケさんに貰ったから、若葉さんたちにもおすそ分け」

「わあああ！」

千歳がそう言って、若葉の前に燦然《さんぜん》と輝くステーキがのった乳白色《にゅうはくしょく》の楕円の皿を差し出したときには、彼女の酔いは少し醒めていた。

恭《うやうや》しくそれを受け取った若葉は、思わずゴクリと唾を飲む。

千歳がカットしてくれたそのお肉は、切れ目から綺麗な虹色の脂の膜が見えている。どう考えても美味しくないわけがない。

「いただきます！」

「まーす！」

興奮冷めやらぬ表情で、若葉とリューは手を合わせた。

それから箸でひと切れつまみ、口の中に放り込む。ギュウギュウと肉を噛み締める感触は、ステーキならではだ。

溢れ出た肉汁が口いっぱいに広がる。脂は口内でサッと溶けて、甘やかな後味を残す。

「やわらか……ええっ、このお肉、美味しすぎませんか⁉」

大きいひと切れをそのまま口に入れたはずなのに、流れるように飲み込んでしまった。その余韻も美味しいのはもちろんのこと、とにかく若葉が食べたことのないほどの柔らかさだ。

「あ、これ、もしかして……やるわね、ミケったら」

同じくそのステーキを食べたらしいチエミが、訳知り顔で千歳を見る。その通りだと言わんばかりに、千歳はコクリと頷《うなず》いた。

「ミケさんが常連さんからもらった長崎和牛《ながさきわぎゅう》らしいですよ」

「なっ、長崎和牛……！」

スーパーで見かける度に、見て見ぬふりをしていた高級なものだ。

驚いて目をまんまるにした若葉は、再度そのお肉を口に入れる。やはり一度目と同じように、口の中でほどけて溶けてあっという間に飲み込んでしまった。

「ワカバ、これ、すごいね！」

「うんうん……これは尊すぎる……！」

美味しすぎて語彙《ごい》を失ってしまった若葉は、欲望の赴くままに目の前の長崎和牛のステーキに箸を入れた。

高級なお肉をモギュモギュと夢中になって食べ進めた若葉は、リューとふたりで恍《こう》惚《こつ》の表情を浮かべて椅子の上でまったりと夢見心地になっていた。

お酒が少し入っていることもあり、とても気分がいい。

当のミケは仕事のために来ることができないらしいが、拝みたいくらいに心の中で感謝する。

「高校生とか言ってすみません。気にしてたんですね」

食後のデザートらしいアイスクリームを差し出しながら、なおも無表情の千歳は言葉ではそう謝った。

少しだけむっとした若葉は、アイスを口に運びながら、ひと息にしゃべる。

「そういう千歳さんは、何歳なんですか。人間なら、ちゃんとした年齢がありますよね、大学生ですもんね。ちなみに私は先月で二十四歳ですけどね！」

勢いよく食べたアイスは、当然だが冷たくて甘い。お肉の脂を洗い流してくれるかのように、口の中がすっきりとする。

こういう憎い演出をするところなんかも、まるで年下とは思えないのだが……まあそれは、若葉の料理偏差値が低すぎるせいもあるのだろう。

「ふーん。若葉さんと俺、三歳しか変わらないんですね。大学三年……まあ、もう来月からは四年ですけど」

「にっ、三個下でその余裕……！」

あわあわとしている若葉を見て、千歳はフッと口の端から笑みをこぼす。その微笑さえ様になっていて、若葉は思わず半目になった。

「モテオーラがすごい」

きっと、その美貌でキャンパスライフを謳歌《おうか》しているに違いない。そう考えるとどこから湧いて来るのか、やけに焦《あせ》った気持ちになる。

「モテオーラ？」

「リューちゃんはまだ知らなくていいんだよぉ」

小首を傾《かし》げるリューを、若葉はぎゅうと抱きしめる。可愛い可愛いこの子狐に、悪影響を与えてはいけない。

しかしこの可愛さなら、大人の姿になったらきっとイケメンだろう。そもそも神様に成長などあるかは不明だが、想像したらそれすらも誇らしく思えて、若葉はにこにこと抱きしめる手に力を込める。

そんなふたりを胡乱《うろん》な目で見た後、エプロンを外した千歳はお盆を持ってきて、若葉の隣の席にドカリと座った。

そしてモグモグと無言で先程の長崎和牛ステーキ定食を食べ始める。

彼がこうして食事を取る姿を、少なくとも若葉がここに通うようになってから初めて見た。今日はもう店仕舞いなのかもしれない。

千歳の食べ方は意外と豪快で、男の子という感じがした。言ったら怒《おこ》られる気がして、若葉はその言葉を胸中に留める。

「あ、あの、千歳さん……？」

「なんですか」

どこか棘《とげ》のある声だった。横目で若葉の方をチラリと見ると、すぐにまた肉を食べ始める。

「何か、怒《おこ》ってます……？」

「別に」

いつもと同じ無愛想のように見えて、そうではない。

「あ〜らあ、チトセちゃん、拗《す》ねちゃったのお？　可愛いところもあるじゃない」

不思議に思っていると、チエミがそんなことを言う。

……千歳さんが拗《す》ねる。そんなことが、この世に起こりうるのだろうか。

そう思って隣の千歳をじっと見てみると、急に視界が真っ暗になった。素早く動いた千歳の右手が、若葉の視界を遮っている。

「え、ちょっと、なんですか、千歳さん」

「……なんでもない」

「いや、なんでもなくないですよね⁉」

「……」

千歳が黙ってしまい、若葉には何も見えない。

「ワカバたち何してるの？」というリューの問いかけに、「アオハルよ、邪魔しちゃダメ！」などというチエミの声がする。

目隠しをされたままという謎の状況だが、若葉はとにかく話し続けてみることにした。聞きたいことはたくさんあるのだ。

「えっと、じゃあこのままでいいので、聞きたいことがあります。先日お会いした千歳さんのおばあさんって、宮司さんだと仰ってましたよね。じゃあ、千歳さんもゆくゆくはそうなるんですか？」

「うちの神社は女系だから、従姉妹《いとこ》が継ぐと思う」

「千歳さんのご飯には力があって、だからこの店にはあやかしが集まるってリューちゃんが言ってたんですけど、どういうことですか？」

「この料理屋は古くから御厨の家の者が引き継いでいる場所だ。リューが言うとおり、神力のこもる料理を提供することで、あやかしが人に悪さをすることを防いでいる」

淡々とした少し低い千歳の声が耳に響く。視界がない分、全神経が耳に集中する。

「神力の……料理？」

若葉が首を傾《かし》げたとき、視界がパッと明るくなった。目元を覆っていた手が外されたのだ。千歳がこちらを見ている。

一体なんだったのだろう。若葉がじっと千歳を見つめると、今度はふいと視線を逸《そ》らされる。解せない。

「うん、チトセのごはんは美味しい！」

子狐の姿に戻ったリューは、ヒラリと千歳の肩に飛び乗った。あの位置がお気に入りらしい。

千歳も慣れたもので、リューをポフリと撫でると再びご飯を食べ進める。

「リュー坊も、ここの料理で浄化されたようなものだものね。あのままだと若葉ちゃんも、例の濡れ女みたいになってたかもねえ」

「えっ⁉」

チエミの言葉に、若葉は驚きの声を上げる。

「だってほら、前に少しだけリュー坊が悪さしちゃったことあったでしょう。あれが続いたら、アタシたちが退治しないといけなくなるところだったわ」

なんということだろう。若葉は開《あ》いた口が塞がらない。

あの日に感じた黒い靄《もや》やゾクリとした悪寒も、全て予兆だったと今になって思い知る。

若葉があのとき、「高田先輩にもっと仕返しをしたい」と望んでいたら、リューはきっともう、この場にはいられなかったのだ。

「俺なんて、ばあちゃんに比べたらまだまだです。組紐の効力も弱いし」

千歳が自嘲気味《じちょうぎみ》にそう言うと、チエミはそれを否定するように首を横に振った。

「アタシは、ユエの孫の中では、チトセちゃんが一番力があると思うんだけどねぇ。だからこの店を任されてるわけだしぃ」

「そうなんですね」

ユエというのは、確か千歳の祖母のことだったはずだ。

「アタシは若い頃からここの店にお世話になってるのよ。チトセちゃんたちには、あやかしを鎮める力があるの。ずっと通ってたら、アタシも丸くなっちゃったってわけ。

今ではこうして、長崎の町を守るようにまでなっちゃったわ～。ミケも同じよ」

若葉の相槌《あいづち》に応える形で、赤ら顔の海坊主は、またひと口お酒を飲みながらとろりとした表情で笑う。

チエミはこう見えて長い年月を生きてきたあやかしである。当然ながら、千歳の祖母世代のことも、はたまたもっと前の世代のことも知っているのだろう。

以前聞いた限りでは、チエミが言う『若い頃』と言うのは、江戸時代あたりのことではなかっただろうか。船を隠していたという、ヤンチャな頃。その海坊主を宥《なだ》めたのが、かつての御厨家《みくりやけ》の人たち。

そしてその役目を、今はこの青年が担っている。

先日の濡れ女のようなあやかしが引き起こす事件が、若葉たちが知らない間にどこかで起きていて、それを人知れず解決している。そう思うと、なんだか身の引き締まる思いがした。

「チトセの味は、しっかりとユエから受け継がれてるわあ」

チエミはトロンとした目で懐かしそうに語る。

千歳が作る料理にどこか懐かしい郷土料理が多いのは、その影響なのかもしれないと、若葉なりに解釈した。

「あ、そういえば。この前ユエに会ったときにチトセちゃんの小さい頃の写真を頼んでおいたから、今度ワカバちゃんにも見せてあげるわね」

「ええっ！　すごく見たいです、その頃の千歳さん」

「アタシとユエ、友達だから☆」

「とっても楽しみです！」

「……やめてください」

チエミと若葉。暴走するふたりの酔っ払いに挟まれた千歳は、とても迷惑そうに顔を顰める。そんな千歳のゲンナリした様子を知ってか知らずか、リューは千歳にスリスリと頬《ほほ》ずりをして、励ますような素振りをする。

その愛らしさに、若葉はまた胸の奥がほっこりと温かい気持ちになった。

このお店に来ると癒される。

それは、この店に集う人々の温かさがあるからだろう。……まあ、大半はあやかしだが。それにごはんが美味しいことも、千歳が由緒正しき神社の家系でもあることも。

とにかくここが、若葉にとって癒しの空間であることは間違いない。

「……まだ、やっとる？」

ガラリと店の戸が開《ひら》いて、いつもどおりしっとりとした着物姿のミケが現れる。今日は来ないと聞いていたが、仕事終わりに寄ったのだろう。

「ミケさんの分なら作れますよ。いただいたお肉ですし」

素早く席を立った千歳は、カウンターの中に戻ると、また何やら料理を始めた。

リューはまだ肩に乗ったままだ。

ミケはホッとした様子でチエミさんの隣に腰かけ、早速ふたりでお酒を酌み交わしている。

この出会いは不思議なことばかりだけれど、この繋がりがとても嬉しい。

チエミやミケ以外にも、この店の常連客であるあやかしたちは、いつか若葉に心を開《ひら》いて姿を見せてくれるのだろうか。

リューはこの先も一緒にいてくれるのだろうか。

このお店はいつまであるのか。千歳はこれからどうするのか。

気になることを考え出したらキリがない。

「あっ、チエミさん、私にももうひと口お酒ください！」

「いーえっ。アタシは許しません!!　あんな飲み方をするお子さまにはお酒はまだ早いワっ。肝が冷えたんだから。若葉さんは大人しくオレンジジュースでも飲んでて」

「ふたりともひどい……」

口では拗《す》ねた風に言いながらも、若葉は笑顔だ。チエミもミケも、千歳までも柔らかい表情を浮かべている。

今はこの春のひだまりのように温かな空間で、美味しいごはんと共に楽しく過ごしたい。

あの日、憑かれていて良かった。

そうしみじみと感じながら、若葉は差し出されたオレンジジュースをグビリと一気飲みすると、またチエミと千歳は呆《あき》れた顔をした。

——どうしてこうなったのか、と思いながら若葉は坂を登る。

「若葉さん、フラフラしてますよ」

「へ、へへ……」

いつもと違うのは、千歳が一緒にいることだ。酒を飲んで少し足元が覚束ない若葉を心配して、送ってくれるのだという。

リューはすやすやと鞄の中で眠っている。

つまりは、ふたりきりだ。これで手を繋いでいれば、それっぽくも見えるのだろうが、現実は肘《ひじ》の下あたりを掴まれていて、連行されているような形になっている。

すっかり道を覚えたのか、千歳の足取りに迷いはない。若葉を気遣うようにスローペースではあるが、ぐんぐんと坂を登っていく。

「千歳さんって、彼女とかいるんですか」

その背中に向かって、若葉はポツリと呟《つぶや》いてみた。聞こえていなくてもいいかなと思うような、小さな声で。

しかしそれは、しっかりと千歳の耳に届いていたらしい。

「わ……っ」

少しだけ乱暴に、グイッと腕を引かれる。酔っぱらいの足はもつれて、若葉はそのまま千歳の胸にバフリとダイブしてしまった。そのままもう一方の手で抱きしめられる。

「いない。けど、気になる人はいます」

強《したた》かに打ち付けてしまった鼻を擦りながら見上げると、千歳の双眸《そうぼう》が若葉を見下ろしていた。

「誰ですか」

「……誰だと思います？」

「なっ、なんでクイズ形式⁉」

「いつもうまそうに飯を食って、しかも引くぐらいおかわりまでする人です。危なっかしくて目が離せないんだけど、どうも年下の人間は好みじゃないらしい」

千歳は口の端でクッと笑った。若葉の好きな笑顔だ。

「なのでこれから、もっと胃袋を掴もうと思ってます」

「なんですか、それ……！」

爽やかに笑う千歳を見ていると、心臓が破裂しそうなくらい痛い。なぜだかじわりと込み上げてくるものもあって、若葉は涙目になる。

そのまま両手を千歳の胴に回してぎゅうと抱きつく。顔を埋《うず》めていると「鼻水をつけないでくださいね」という情緒もへったくれもない言葉が飛んできた。

だが、それも含めて千歳らしい。

「もう掴まれてます。年下でも年上でも、人間でも神様でも、なんだっていいです。千歳さんが……好きです」

声が小さくなってしまったが、若葉は思いの丈を告げ、すぐに顔を埋《うず》める。

しかし千歳の反応が気になって、恐る恐る顔を上げる。

予想外なことに、若葉の一世一代の告白に、千歳は目を丸くしたまま固まっていた。

「え、千歳さん？」

思った反応と違う。もっと飄々《ひょうひょう》とした態度で「そうですか」とあっさり流されるかと思っていた。

若葉は千歳の体を揺すってみる。何度か前後に揺れた後、千歳は口元に手を当てると、ふんわりと嬉しそうに笑った。

「本当ですか」

「ほっ、本当です！」

「嬉しいです。俺も、若葉さんが好きです」

「ひえっ、あ、ありがとう……」

面と向かって言われると、どうしようもなく恥ずかしくなってしまう。しかもこんな素敵な人が若葉を好いていると言う。神様に感謝してもしきれない。

ブオンブオンとけたたましい音を立てながら、一台のバイクが夜道を走っていく。その音でようやく、若葉はここが外であることを思い出した。

千歳も同じだったようで、我に返ったように抱き合っている体勢を解き、前を向く。

「行きましょうか」

離れてしまったことを少しだけ残念だ、と思っていると、振り向いた千歳が左手を差し出す。

「う、うん……！」

少し躊躇いながらも右手を重ねると、すぐにぎゅっと握り締められた。

沸騰しそうなほどに熱い顔で、若葉は歩く。

その視線の先には、きちんと繋がれた手があって、それでまたどうしても頬《ほほ》が緩んでしまう。

『――ふふ、わらわは縁結びの神だからの』

チリンと涼やかな音が聞こえた気がした。

足を止めた若葉は、坂道を振り返る。だがそこは、街灯の明かりがポツンとあるだけだ。

「どうしたんですか。行きますよ」

「はいっ、今行きます！」

クンッと手を引かれ、若葉は春の夜道を歩く。

穏やかでかけがえのないその瞬間を、踏み締めるようにして。

「ふわーーー、もうあっついですねえ！」

初夏の日差しがジリジリと肌を焼き始め、外回りをしていると汗だくになってしまう。

◇◇◇

そんな折、若葉は今日も今日とて料理屋にいた。

春の繁忙期を乗り越えた仕事は比較的緩やかな時間が流れ始め、今日も定時退社ができた。

若葉は今年の目標を決めた。それは、宅地建物取引士の資格を取ることだ。

職場でもミーティングの際にしっかりと決意表明をした。いつまでもうだつのあがらない下っ端社員は卒業したいと思ったからだ。

いっぱいいっぱいだった二年目までと違って、若葉は他の人の働き方もよく眺めるようになった。そうすると見えて来るものがある。

蒼太がスムーズに契約を決めるのは、客に合った物件のプレゼンが得意なことに起因しているし、マイナスポイントもしっかり伝えるため客からの信頼が厚い。

『積極性が――』と言っていた高田先輩は押しが強い部分もあるが、データや細かい情報を小出しにして、客のことを巧みに誘導している。タイプは違うが、ふたりとも知識が豊富だ。

資格を取ると決め、色々と高田先輩に質問するうちに、若葉に対する彼の態度は少し柔らかくなった。『俺が教えてやる』と随分と乗り気のようで、頼りにされることが嬉しい人だったようだ。意外である。

「「いただきまーす」」

いつものカウンター席にリューと並んで座り、それを少し離れたところにいるチエミとミケが見ている。

ここで食事を済ませたら、家に帰ってまた勉強する予定だ。

十月の試験まであまり余裕はない。今は仕事と勉強漬けの毎日に、この店での束の間の休息時間が若葉にとっての癒しだ。

「あ、そういえば最近、店舗に来るお客さんの肩に黒いモヤモヤした塵みたいなものが見えたりするんですよね～。たまに白いバージョンもあったりして。あれ、なんなんでしょうねえ～」

「え……」

にこにこと話す若葉とは対照的に、店内の三人はそれを聞いて唖然とした表情を浮かべた。

「……若葉さん」

「はい！」

ため息まじりに千歳が呼びかけるが、若葉は嬉々として返事をする。だってこの国宝級の美男子が若葉の恋人だなんて、未だに信じられない。「狐に化かされているんだよ」と言われたとしても、「そうですよね」と納得しかしない。

そんな浮かれた若葉だったから、千歳の次の言葉は予想外のものだった。

「それ、多分霊的なものだと思います。若葉さんにも見えるんですね」

「はーい。って、え？」

「あらら、ワカバちゃんも見えるようになっちゃったのねエ、アハハ！」

「……リューの力が強くなったけん、ワカバにも見えるとね」

「えっ、えっ」

「そうなの？　ワカバ、ボクと一緒だね‼」

楽しい気持ちは一瞬で霧散《むさん》して、自らを様々な表情で見つめる面々を若葉はぐるりと見渡した。

千歳はどこか呆《あき》れを含んだ心配そうな顔をしている。

チエミは面白くてたまらないといった顔。ミケは憐憫《れんびん》の眼差し、そしてリューは喜《き》色満面《しょくまんめん》だ。

「う、嬉しくない……！」

『憑かれた私』のちょっと不思議な体験は、どうやらまだこれからも続きそうだ。

愛憎渦巻く後宮で 武闘派夫婦が手を取り合う！？

自国で虐げられ、敵国である湖紅国《ここうこく》に嫁ぐことになった行き遅れ皇女・劉翠玉《りゅうすいぎょく》。彼女は敵国へと向かう馬車の中で、自らの運命を思いポツリと呟いていた。翠玉の夫となるのは、湖紅国皇帝の弟であり、禁軍将軍でもある男・紅冬隼《こうとうしゅん》。翠玉は、愛されることは望まずとも、夫婦として冬隼と信頼関係を築いていきたいと願っていた。そして迎えた対面の日……自らの役目を全うしようとした翠玉に、冬隼は冷たい一言を放ち——？

チグハグ夫婦が織りなす後宮物語、ここに開幕!

定価：726円（10%税込み）　ISBN 978-4-434-30557-3

Illustration：憂

大正十四年、銀座。とあるカフェーで女給の千歳は窃盗事件に巻き込まれる。そこに現れたのは、事件解決のために呼ばれた探偵である兎田《うさいだ》谷《や》朔《はじめ》という男。彼の華麗な推理で、事態は収束。大団円かと思いきや——

「解決さえすりゃ真実なんかいらないのさ」

なんとその推理内容は、兎田谷自身が組み立てたでっち上げの真実だった！　口八丁でどんな事件も丸く収める、異色の探偵兼小説家が『嘘』を武器に不可思議な依頼に挑む。

◎定価：726円（10%税込）　◎ISBN 978-4-434-30555-9　◎illustration：新井テル子

お家のために結婚した不器用な二人の あやかし政略婚姻譚

一族の立て直しのためにと、本人の意思に関係なく嫁ぐことを決められていたミカサ。16歳になった彼女は、布で顔を隠した素顔も素性も分からない不思議な青年、祓い屋〈縁〉の八代目コゲツに嫁入りする。恋愛経験皆無なミカサと、家事一切をこなしてくれる旦那様との二人暮らしが始まった。珍しくコゲツが家を空けたとある夜、ミカサは人間とは思えない不穏な何者かの訪問を受ける。それは応えてはいけない相手のようで……
16歳×27歳の年の差夫婦のどたばた(?)婚姻譚、開幕！

定価：726円（10%税込み）　ISBN 978-4-434-30476-7

イラスト：くにみつ

かりそめ夫婦の
穏やかならざる新婚生活

親を亡くしたばかりの小春《こはる》は、ある日、迷い込んだ黒松の林で美しい狐の嫁入りを目撃する。ところが、人間の小春を見咎めた花嫁が怒りだし、突如破談になってしまった。慌てて逃げ帰った小春だけれど、そこには厄介な親戚と——狐の花婿がいて？　尾崎《おざき》玄湖《くろこ》と名乗った男は、借金を盾に身売りを迫る親戚から助ける代わりに、三ヶ月だけ小春に玄湖の妻のフリをするよう提案してくるが……!?　妖だらけの不思議議な屋敷で、かりそめ夫婦が紡ぎ合う優しくて切ない想いの行方とは——

定価：726円（10%税込み）　ISBN 978-4-434-30217-6

イラスト：ごもさ

煌びやかな女の園『月華後宮』。国のはずれにある雲蛍州で薬草姫として人々に慕われている少女・虞凛花は、神託により、妃の一人として月華後宮に入ることに。父帝を廃した冷徹な皇帝・紫曄に嫁ぐ凛花を憐れむ声が聞こえる中、彼女は己の後宮入りの目的を思い胸を弾ませていた。凛花の目的は、皇帝の寵愛を得ることではなく、自らの最大の秘密である虎化の謎を解き明かすこと。
後宮入り早々、その秘密を紫曄に知られてしまい焦る凛花だったが、紫曄は意外なことを言いだして……？
あらゆる秘密が交錯する中華後宮物語、ここに開幕！

◎定価：726円（10％税込み）　◎ISBN978-4-434-30071-4　◉illustration:カズアキ

この作品に対する皆様のご意見・ご感想をお待ちしております。

おハガキ・お手紙は以下の宛先にお送りください。

【宛先】

〒150-6008 東京都渋谷区恵比寿 4-20-3 恵比寿ｶﾞｰﾃﾞﾝﾌﾟﾚｲｽﾀﾜｰ 8F
（株）アルファポリス　書籍感想係

メールフォームでのご意見・ご感想は右のＱＲコードから、
あるいは以下のワードで検索をかけてください。

アルファポリス　書籍の感想　検索

ご感想はこちらから

アルファポリス文庫

深夜《しんや》の背徳《はいとく》あやかし飯《めし》 ～憑《つ》かれた私《わたし》とワケあり小《こ》料《りょう》理《り》屋《や》～

ミズメ

2022年 7月 25日初版発行

編　集－境田 陽・森 順子
編集長－倉持真理
発行者－梶本雄介
発行所－株式会社アルファポリス
〒150-6008 東京都渋谷区恵比寿4-20-3 恵比寿ｶﾞｰﾃﾞﾝﾌﾟﾚｲｽﾀﾜｰ8F
TEL 03-6277-1601（営業）　03-6277-1602（編集）
URL https://www.alphapolis.co.jp/
発売元－株式会社星雲社（共同出版社・流通責任出版社）
〒112-0005 東京都文京区水道1-3-30
TEL 03-3868-3275
装丁イラスト－細居美恵子
装丁デザイン－徳重 甫＋ベイブリッジ・スタジオ
印刷－中央精版印刷株式会社

価格はカバーに表示されてあります。

落丁乱丁の場合はアルファポリスまでご連絡ください。

送料は小社負担でお取り替えします。


ISBN978-4-434-30558-0 C0193